U0815255

重生

Rise From The Ashes

王暖暖
著

江苏凤凰文艺出版社
JIANGSU PHOENIX LITERATURE AND ART PUBLISHING

图书在版编目（CIP）数据
重生 / 王暖暖著. -- 南京 : 江苏凤凰文艺出版社,
2025. 8. -- ISBN 978-7-5594-2442-6
Ⅰ. I25
中国国家版本馆CIP数据核字第2025824HM7号

重 生

王暖暖　著

责任编辑　曹　波
特约编辑　董　妍
责任印制　杨　丹
装帧设计　桃大宝设计工作室
特约监制　何亚娟
出版发行　江苏凤凰文艺出版社
　　　　　南京市中央路 165 号，邮编：210009
网　　址　http://www.jswenyi.com
印　　刷　三河市嘉科万达彩色印刷有限公司
开　　本　880 毫米 ×1230 毫米　1/32　插页 8
印　　张　7.75
字　　数　185 千字
版　　次　2025 年 8 月第 1 版
印　　次　2025 年 8 月第 1 次印刷
书　　号　ISBN 978-7-5594-2442-6
定　　价　59.80 元

他以为 34 米悬崖能杀死我，

却不知道崖底是我的重生起点……

C O N T

目　录

E N T S

◆◇ 第一章

坠落悬崖

我飞了出去，急速坠落，他的脸在崖边一闪而逝。

我的手臂在空中不停挥舞，想要抓住一根救命稻草，却抓了个空。继而，我的身体擦过一些枝丫和树叶，那触感像是一个温柔的拥抱，转瞬即逝。下坠的惯性太强，我来不及停留，就被重力拽着急速滑脱，“嗖”地砸在下面的岩石上。我的世界瞬间陷入黑暗。

事实证明，从 34 米高的悬崖坠落时，并不会像电视剧中那样发出“啊啊啊”的尖叫。我甚至来不及喊叫，就失去了知觉。那种倏然坠落的感觉，仿佛被人猛地按了一下电灯的开关——啪！灯灭了，我的意识也随之熄灭。

我以为自己已经死了，仿佛云层上的雨滴，在坠落的时候就已经陨灭了，而坠离云层、砸向大地，不过是死亡的延续。

将我从黑暗中唤醒的是山间的风。那风呼啸着、呜咽着、盘旋着，把我的头发吹得东倒西歪，又一遍遍扫过我的脸。我倒栽葱仰躺在岩石上，头朝下，脚搭在斜坡上。我想要用手撑地站起来，可我的手根本不听使唤。我试着挪动身体，可身体已经完全动弹不得，软塌塌的，像煮烂的面条。我闻到自己身上温热的血腥气，感觉周身都在流血。

我挣扎着看了一眼肚子,然后将手挪到身下摸了摸,屁股没有湿，说明没有大出血，我暗自松了一口气，肚子里的宝宝还活着。

而宝宝的爸爸……正是亲手将我和宝宝推下悬崖的那个人!

几天前，他跟我说，他活了33岁，从未看过日出。于是，他带着怀孕三个半月的我来到泰国边境乌汶，他说帕登国家公园是泰国最早看到日出的地方。我们一家三口看日出，不仅能弥补他人生的遗憾，而且寓意美好，因为我们家即将迎来一个新生儿，而新生的力量如同朝阳。这段话打动了我。

他叫俞晓冬，我们是在泰国的一次朋友互助会上认识的。由于在场的都是夫妻，成双成对，只有我俩是单身，所以我俩互加了微信。当时，我已经实现环球旅行的梦想，又花两亿泰铢买了一艘大游轮，游轮在湄南河上行驶，划破碧波万顷，天大地大，显得我一个人更加孤单。后来，我去市中心的四面佛前许愿，希望能让我得遇良人，缔结姻缘。几个月后，我遇见他，我以为那是命运馈赠的缘分，却不知早已落入精心设计的圈套。

此刻，他站在悬崖上，我却躺在悬崖下。以前，我以为孤独是闪光的，例如橱窗里的婚纱和高跟鞋，抑或夜空中的焰火。而我现在觉得孤独是红色的，鲜血流进我的眼睛，我看见了红色的世界：红色的树叶，红色的岩石，红色的天空，崖顶上还站着一个红色的男人。

我的思维变得异常敏锐，比平时做生意时还要快一千一万倍。我清楚地记得刚刚发生了什么。原来，他带我来这里不是想看日出，只是为了将我推下来。现在看来，他的目的达到了。

崖顶只剩他一个人，他可能正俯瞰着我，想必在他眼里，我已经变成了一具尸体。

整个崖底非常寂静，除了鸟叫和风啸，我听不见其他声音，这应该就叫摄人心魄的寂静吧？静得根本不可能有人经过这里，所以，我将面临的是等待或者见证自己的死亡。

但我仍然没有放弃自救，我躺在崖底，用尽全身力气呼救，声嘶力竭："Help me,help me（救救我，救救我）……"

我的嗓子喊哑了，血倒灌进嗓子里，像胶水一样黏住那里，我几乎发不出声音了。我尝试动一动，可我发现浑身上下一点知觉都没有，左腿断掉的骨头刺破牛仔裤露在外面，像一截枯木。由于没有知觉，所以我觉得这极可能是一场噩梦。我不停地告诉自己，这不是真的。王暖暖，别睡了，你给我醒过来。

血倒灌进鼻腔，我窒息得几乎无法呼吸。猛烈的咳嗽带出大量的瘀血，同时也打破了我所有的侥幸。哪里有什么噩梦，比噩梦更可怕的便是正在发生的现实，一个残忍的场面突然在脑海炸开——

他从背后抱着我，双手温柔地环住我隆起的腹部，然后轻轻地亲吻我的右脸。天已大亮，厚厚的云层罩住天空，不见太阳的踪影，整片悬崖浸在冷白的光里。他的手臂环在腰间，体温透过衣料传来真实的暖意。突然之间，他松开我，我还来不及反应，方才温柔的环抱之力已变成肩头强烈的推力，紧接着，耳畔响起一句恶狠狠的宣判：

“你去死吧！”

他温热的呼吸还萦绕在我颈侧，我的身体却已被猛地推出悬崖边缘，我本能地喊了一句：“不要啊……”我想说我们可以谈，你要什么我都答应你，然而，其他的话我根本来不及说出口。就在那一瞬间，我感受到了身体的腾空，我伸手想要抓住某样东西自救，但我抓了个空，几乎是电光石火间，我已从悬崖上骤然坠落。

从悬崖底下醒来后，除了坠崖前的那个画面，我脑海中还浮现出另一个场景：因为早上要赶来看日出，我们决定简单地吃碗泡面当早餐。俞晓冬选的是市面上不常见的口味，而我选的是经典口味。面泡好后，俞晓冬刚吃一口就皱眉吐掉，然后失望地摇摇头，将那碗面全部倒掉。我见状把我的面推到他面前，说：“我不太饿，你吃吧。”俞晓冬没有多言，径直将我的面一扫而光。此刻想起这个细节，我感觉心脏像被利刃反复穿刺。没想到，当我挺着孕肚让出早餐时，他早已谋划着要杀死我和孩子！那碗热气腾腾的泡面，现在想来如此讽刺——在他精心计算着谋杀时机时，我竟还在担忧他空腹看日出。多么荒谬啊！我把我和宝宝的口粮都让给了他，却未能唤醒他心中的一丝良知。

一边是被丈夫谋杀的凄惨命运，一边是注定死亡的悲惨结局。心灰意冷的我，又闻到身上的血腥气，于是不由得想，这股血腥气会不会已经被那些潜伏在旁边原始森林的野生动物捕捉到了？小时候我很喜欢看《动物世界》，我知道，原始森林的动物天生会猎食，会循着血迹找寻猎物，找到猎物后，它们会选择撕开猎物的肚皮先吞食内脏。

我不敢想象，可又忍不住去想象。

我清楚地意识到，自己正面临两种死亡方式。第一种是失血过多而死：随着渗血越来越多，我会在失血过多后休克，休克后昏迷，而昏迷后再也无法醒来。如果是这样的死法，我尚且能够接受。但想到第二种死亡方式，我就控制不住地浑身战栗。如果夜幕降临，我还没有进入昏迷状态，藏在原始森林里的豺狼虎豹纷纷爬出巢穴，而我身上到处都是血，不难想象我的结局是什么。

难道要在我意识清醒的情况下，眼睁睁地看着自己被它们一口一口地撕碎、啃食？它们会撕开我的肚皮，或许直奔内脏，也或许先撕烂我的子宫……而我是一个怀着身孕的母亲，我只能一动不动地躺在那里，看着它们把我的孩子活生生地从我的子宫里面撕扯出来，啃咬，最后吃光……

我不知道，一个人要作多大的恶，造多大的孽，才要以这样残忍的方式离开这个世界！

面对这一切，我无能为力，我只能看着，听着，承受着，祈求老天能不能让我快点死去。

想到这一切，我难过又痛心，但是我没有哭，或许人到了悲痛欲绝的时候是没有眼泪的。

我摸着肚子，对宝宝默念："妈妈对不起你，你只能陪伴我，跟我一起死去，我没有能力生下你。"

静静地躺在悬崖底下，我这短暂一生经历的一幕幕像放电影般在眼前回放：小时候想吃的蛋糕没有吃到，我就扒着玻璃柜台往里看；爸爸送我上学的路上，带我去湖南路吃左师傅梅花糕，软糯的糕点里包着Q弹的小丸子和豆沙馅；我们家周围有一些做羽绒生意的小店，空气当中老是有那种飘絮，羽绒吸到鼻子里，痒痒的，我总忍不住打喷嚏，惹得邻里哈哈大笑。一段一段的记忆，不停从我脑子里面跳出来，而我以第三视角看着我的人生轨迹，画面十分逼真。

生命的最后时刻，我看到空气中的鹅毛飘絮，闻着下过雨的南京城飘着桂花香，感受到雨水打在脸上湿漉漉的感觉。南京的夏天是闷热的，我们在教室里学习，在操场上玩耍。放学后我跟着同学在学校对面的小卖部喝一瓶冰镇的汽水，凉凉的，一直凉到心口。这些画面自己跳出来，不仅有视觉，诡异的是还有听觉、嗅觉、触觉，所有的场景我都能身临其境地感知到，仿佛重走了一遍。

十来分钟走马灯似的电影画面，把我的人生全部过了一遍。老人们常说，人在临终前会回顾一生，我也算是亲身经历了，可是我好不甘心！我好想再淋一次南京的雨！我好想再骑着自行车沿着秦淮河走一趟！我好想再吃一次左师傅的梅花糕！我好想再和闺密一起去咖啡馆聊聊天！我好想抱一次爸爸妈妈，告诉他们我爱他们……然而，这一切都没有机会实现了，再多的不甘心，都无济于事了，我的生命将在今天画上句号。

我忽然想起，看完日出，我们坐在悬崖上，俞晓冬陪我聊天时，问了我一个问题：

“你这辈子有没有什么遗憾？”

我能有什么遗憾呢？我的家庭，我的事业，所有的一切都是非常美满的，我还即将要当妈妈了。用朋友的话来形容我：你的生活，我的梦。我想，我的人生是没有遗憾的。

于是，我坚定地回答他：“我没有什么遗憾。”

但是，当我即将跟这个世界说再见，没有任何机会、没有任何时间再去做任何事情的时候，我才发现，我有太多太多的遗憾。

我遗憾从来没有好好地陪过父母，甚至没有带他们一起旅行过；我遗憾没能在工作之余和朋友闺密们相聚，一起回忆美好，分享成长。我以前总是觉得来日方长，然而事到如今，我却要这样远离他们，甚至来不及道别，从此阴阳两隔。

我遗憾没能给孩子一个温暖的家，他还没来看看这个世界，即便他能听见我在说什么，能感受到我的能量，他却没有任何意识，我甚至还没有出现在他的记忆里，就永远告别了。

我遗憾自己的很多兴趣爱好，都没有认真去实现。我从前的人生过得太匆忙了，如果说人生是为了独特的生命体验而来，那我的体验还是相对单调的。在我的一生中，仿佛只有学习、赚钱、签单，忽略了那些温暖的、冰凉的、舌尖上的细微触动。而今，这些遗憾只能在生命最后的走马灯里，仓促地重温。

我感觉意识慢慢下沉，世界变为灰色。时间变慢了，就像雨滴，慢慢离开云层，慢慢飘落，飘向大地，最后变成大地的一部分，我闭上了眼睛。突然，我听见一阵窸窸窣窣的声音正奔我而来……

◆◇ 第二章

命悬一线

-1-

我吃力地睁开眼，耳朵贴在地上，隐约听见窸窸窣窣的声音，难道是一条蛇正扭动长长的身体向我逼近？

内心的恐惧让我的每根神经都绷得很紧，连风声在我听来都像是在呜咽。

渐渐地，我能感觉到地面传来一阵共振的频率，我不确定那是从哪里传来的。有一刹那，我甚至怀疑那种共振是不是幻觉，可是，如果是幻觉，它会在一个频率上，但它的频率是渐进的。是的，幻觉是不会有渐进的，可它越来越近，由远及近，我停止所有的思考，屏住呼吸，听一下到底是怎么回事。

随着那共振的频率越来越近，我的心也越来越紧张。

不知过了多久，我眼前居然出现了人影！一群穿着迷彩服的人正朝我走来，我这才知道，原来刚才地面的共振是他们的脚步发出来的。他们穿着帆布鞋，帆布鞋走路很轻，我听不到那种“嗒嗒嗒”的声音，但我能感觉到脚步和地面接触发出的共振。

看见他们，我仿佛看见了救星，紧张的神经终于放松了一点。

最前面的“迷彩服”扑了过来，一下子扑倒在我的面前，用泰语问我：“怎么了，怎么了？”

血在我嘴里弥漫，蔓延进我的气管，我说不出话，叫不出声。

“迷彩服”看出我是中国人，他想了想，嘴角努了努，然后握住我的手，用英语跟我反复地说：“You are safe（你安全了）!You are safe（你安全了）......”

他一直说着“You are safe”，试图安慰我，我的恐惧感渐渐消失。另外几个“迷彩服”也围过来，查看我的情况。

我知道，我得救了。比得救更让我开心的是，我知道这不是幻觉。刚才我在用耳朵听，听那些微小的声响；此刻我在用眼睛看，看到他们弄出巨大的动静，他们从包里掏出各种救援装备，他们在组装担架，他们在打电话联系救护车。

从绝望地躺在崖底，再到被好几个人围着，那一瞬间，我能感觉到我的命运发生了180度的大反转，我看到了生的希望。

我的心里有了强烈的求生欲，我希望他们赶紧把我捞上去，把我送进医院。然而，疼痛的知觉也是从这个时候开始的。蚀骨的疼痛从身体的四面八方向我袭来，连睁眼睛都是痛的。他们想把我抬上担架，有人抬我的胳膊，有人抬我的腿，但无论是胳膊还是腿，他们根本抬不起来，因为我浑身上下的骨头都断了，就像一摊烂泥。

他们好不容易把我弄上担架，我左边站着三个人，右边站着三个人，六个人一起抬着我走在山路上。山路不是很好走，蜿蜒曲折，我的身体跟着担架颠上颠下，浑身仿佛散了架一样，那种疼，真是一分一秒都难以承受。

我以前听别人说过，人的神经麻痹是有时间限制的。我在崖底躺了四五十分钟，救援队找到我又花了四五十分钟，差不多两个小时，刚好过了那个临界点，我的痛觉神经彻底苏醒。

断掉的骨头就像一把把尖刀，把我的身体扎出了无数个窟窿，血液流出来，最后形成了无数个伤口。本来已经凝固的伤口，随着颠簸开始崩裂，像一座座活火山在我身上复活，岩浆般的血开始涌出，撕心裂肺地疼。

终于挨过了山路十八弯，我被抬上了救护车。六个救援者长吐了一口气，他们跟随车护士交代了几句我的大概情况，便转身消失在山林中。他们来过，也好像没来过。他们仿佛鸟鸣，藏在光里，或者说他们本身就是光。

救护车鸣着笛在山路上行驶。泰国边境的这条路，很像我国二十世纪五六十年代的农村土路，路面铺满了大小不一的石子，坑坑洼洼的。汽车轮胎在这样的路面上行驶，不断颠簸，我的身体也随着上下颠簸。轮胎每转动一圈，我浑身上下所有的伤口便仿佛同时被撕扯，疼痛交织在一起，变得异常剧烈。那种痛楚钻心刺骨，简直难以忍受，就像是全身每一根血管、每一条神经里都在集体发作结石般的痛。因为疼痛，我一直在掉眼泪，泪水混合着血水，导致我的世界变成了红色。

红色的护士，红色的“白”大褂，红色的救护车后门紧紧关闭，红色的针头，还有一双时隐时现的红眼珠。我不敢细看那双眼，生怕是俞晓冬躲在后面盯着我。

救护车在那坑洼不平的路上颠簸了四十分钟，感觉漫长得像过了四年。好不容易熬到最近的救护站，结果救护站的大夫却摆摆手说："治不了，伤情太重了，必须转到大医院。"

他们把我抬进去，没有做任何救助和治疗，连片止痛药都没给，又把我原样抬出来塞回救护车。我心里在喊，救命啊！我不想转院，因为不知道从救护站到最近的医院，还要再开多久。我受不了在路上颠簸时伤口撕裂般的疼痛。那种疼痛就像在凌迟一般，堪比古代十大酷刑，对我而言实在太残忍了！

救护车上的护士一路照顾我，她长得干瘦干瘦的，手指细如竹节，她简单地将我有伤口的地方贴一块纱布，却没有包扎，我明白这是常规流程，主要是怕伤口暴露引发感染。

我右眼的上眼皮没了，是被树枝和地面刮掉的，眼睛下面的肉也被刮掉了，要是再刮掉一些，眼球也就没了。女护士用一块很大的纱布才能把我的右眼盖住，我的面前随即黑了一大半。我全身上下，能用夹板固定的地方都用夹板简单固定住了。我只有左眼能动，更确切地说，是眼皮能闭合，眼珠能转动，但几乎无法表达任何情绪和想法。

救护车顶的架子上挂着四爪钩，其中一个钩子上吊着只老式的盐水瓶，应该是给需要输液的人准备的。盐水瓶随着救护车的颠簸而晃动，挂盐水瓶的钩子显然有些老旧了，该是钩子的地方磨秃了，几乎是平整的，我感觉那盐水瓶好像随时都会掉下来。好巧不巧，那盐水瓶正对着我的肚子，它晃得我心惊肉跳，我生怕它掉下来砸到我的肚子，砸到我的宝宝……

坠崖时，我的身体数次接触崖壁，撞到树枝，又从崖壁上滚过。坠落过程中，经过磕碰，我的嘴巴经过数次无意识的咬合，嘴唇、舌头和两腮都已经烂掉了，整个嘴巴都肿了起来。刚掉下崖底时，出于本能，我喊了几句“help me”。可后来，我的嗓子里卡着血，血又无法处理，我感到口腔、嗓子、气管和食道里都灌满了血。痛感神经恢复后，我再也无法发出声音，完全无法讲话。我只能听，不能动，我只能用眼神疯狂暗示护士把盐水瓶挪开。

女护士以为我尚未度过恐惧期，她不停地用泰语重复讲着：“你不要害怕，你已经得救了，我们在去医院的路上。”

我真实的情绪是恐惧，但此时的恐惧不是她理解的那样，我怕盐水瓶掉下来砸到我和我肚子里的孩子。我们好不容易活下来，我们可不想死在一只瓶子手上。

无论是做生意，还是过日子，在我的字典里，根本就没有“难题”二字，因为我相信，一切问题都将在我的运筹帷幄之下得到完美解决。哪怕俞晓冬把我推下悬崖之前，我最后的想法仍是可以谈，一切问题都可以通过谈判完美解决，上到几亿泰铢的进出口贸易大单，下到买菜时跟卖菜阿姨因为块八角进行的拉锯战。可我现在说不出话，浑身上下能动的只有左眼珠。

我用唯一可以动的左眼珠，不停地瞪着护士，以此寻求跟护士的眼神交集。只要护士看我，我们的眼神对上了，我立马将眼神瞟向上面的盐水瓶，希望借此把她的注意力也带上去。我一遍又一遍重复着这个动作，看护士看盐水瓶，再看护士再看盐水瓶，几近疯狂，可女护士始终没能理解我想表达的意思。

救护车在颠簸，瓶子在晃动，我只好直勾勾地盯着瓶子，使出最后的力气不停地用目光表达：嗯，嗯嗯，嗯嗯嗯。最终，护士顺着我的目光，抬头看了一下，就在瓶子沿着平整的钩子滑下时，她用竹节般的手摘下了它。

我总算松了口气，在颠簸晃动的视线里，我看见她给了我一个充满歉意的微笑。

大约一小时后，我被送进乌汶府最大的医院。躺在人流穿梭的门诊大厅里，我的气息微弱至极，一直在叠加的疼痛击溃了我，疼到绝望，疼到无法忍受。我努力向抢救人员表达着想要安乐死的诉求，可无论我怎么说，也说不清楚。

僵持了几分钟，抢救人员才大概明白了我的意思。如果他们答应，我会毫不犹豫地签字。我真的熬不过去了，那种百爪挠心、蚀骨钻心般的疼痛，我是多一秒都不能忍受了，给我注射一针安乐死药剂，好让我停止这种疼痛和折磨。

但他们不同意，所有抢救人员都不同意，其中一个护士表现得相当决绝，从她的身体语言来看，她是能理解我的疼痛的。她怜悯地看着我的肚子，刹那间有一些走神，想来她也是一个孩子的母亲吧！

-2-

就在这时候，我看见了俞晓冬。

他一路尾随我来到了这里，警察看他鬼鬼祟祟的，上前盘问。起初他还装作看热闹的路人，当警察发现他不会泰语，要查看他的护照时，不得已，他只好承认是我丈夫。他是被工作人员从门外喊进来的，对方示意他进来安抚我的情绪。他被喊进来以后，站在离我床位四五米远的地方看着我，迟迟不敢走近我，停顿了大概半分钟。我们互相盯着对方，彼此脸上都写满了错愕与震惊。一瞬间空气仿佛凝固了，突然，他提高嗓门，夸张地喊道："老婆你去哪里了？我找你也找不到，我急死了。"

我瞬间怒火中烧，用尽全身力气反复嘶喊："你为什么要这样对我？！"经过一路颠簸，喉咙里淤积的血终于咽下，我又能出声了。

俞晓冬听到我的反驳，整个人僵在原地，脸上交织着震惊、恐惧与错愕。他瞪大眼睛，活像见了鬼——显然，他没料到我能开口说话。其实他刚刚那句"老婆你去哪里了"的关切，不过是演给旁人看的戏码，他根本没指望得到我的回应。

按常理，一个人从 34 米高的悬崖坠落，不是粉身碎骨就是重度昏迷，或者是摔到头变成植物人。他只知道我还有生命体征，却不清楚具体状况。他这番试探本是为探虚实，却没想到我不仅口齿清晰、思维敏捷，最关键的是，我还能在第一时间回复他，甚至指认他。这完全超出了他的预判，因此他备感震惊，那张虚伪的面具瞬间裂开了一道缝隙。

不过，他反应极快，迅速调整好自己，三步并作两步走到我的床边，蹲下身凑近我的耳边，低声跟我说："你闭嘴！不要乱叫，这里没有人听得懂中文。刚才事情发生的时候没有人看见，也没有监控，如果你继续大喊大叫，等会儿我看没有人的时候我就弄死你！"

他的声音压得极低，却像毒蛇般渗着刺骨的寒意。他此刻的语气在我听来，和在悬崖边推我下去前的那句"你去死吧！"如出一辙——这是他给我下的第二张死亡通知书。但奇怪的是，当死亡再次被赤裸裸地摆在面前时，我浑身的血液反而沸腾起来。就像在悬崖半空努力伸手想要抓住什么救命那样，那种灼烧般的求生欲又回来了。

你叫我死，我还偏就不想死了！我死死咬住牙关，不是屈从于他的威胁，而是在蓄积反击的力量。

随后，我被紧急送往手术室。医生取来一把巨大的医用剪刀——我身上的灰绿色T恤和牛仔背带裤早已被鲜血浸透，紧紧黏在皮肤上。剪刀的寒光闪过，布料被一片片剪开，像剥落一层血痂般从我身上剥离。

麻醉医生给我注射了麻醉药，我的意识渐渐涣散。我不知道自己能不能醒来，也不知道醒来后我的孩子是否还活着，在昏睡过去前，我拼命在心底祈祷：活下来，我们一定都要活下来。

我被麻醉时，俞晓冬也在给媒体和泰国警方打“麻醉药”，面对警方的询问，他编织着精心设计的谎言——

“我们原本是去看日出的，中途我去服务站上厕所，回来就发现她不见了……”

“我打她电话也不接，我以为她已经独自下山，便开车下山寻找……”

“后来我去机场的路上看见一辆救护车和我擦肩而过，听到有游客坠崖，我担心她遇险，立刻折返，想去现场查看。”

“我估计她可能是孕期头晕导致的意外……”

有记者追问，我对他喊“你为什么要这样对我？！”是怎么回事。

俞晓冬解释：“那只是她在埋怨我为什么没陪在她身边。”说完还不忘补充，“可能是现场翻译偏差造成的误解。”

手术后的苏醒像从深海浮出水面。意识先于知觉复苏，睁开眼的瞬间，刺眼的白光中，俞晓冬那张熟悉又陌生的脸正居高临下地俯视着我。他的眼神阴鸷冰冷，与我记忆中那个曾为我做饭的丈夫判若两人。

我下意识地想要动一动，却发现自己一动都不能动，全身都被夹板绑死了。一切如旧，还是只有左眼能动。即便它能动，我也不能让它乱动，因为我担心俞晓冬从我的眼神中读出我的真实情绪。

我如同被封印在石膏中的木乃伊，僵卧在 ICU（重症监护室）的 VIP 病房里。麻药劲还没过，浑身上下一点知觉都没有。我缓缓转动眼球，观察着周围。我发现自己戴着氧气面罩，浑身插满了管子，就跟恐怖电影中的异形似的。余光中，我看见两个女护士坐在床的这一边，她们见我醒了，便围了上来。她们说的是泰语，我只能听出个大概。她们说，手术做了 11 个小时，而且非常成功，体内的断骨接了一半，气管和脏器内的瘀血也被清除，最重要的一点是，孩子保住了。

我用泰语说了一声“谢谢”。

两个护士把俞晓冬拉到门口，低声说着什么。俞晓冬不停地点头，不停地哈腰。两个护士一前一后走出 ICU 后，房门缓缓关上。

俞晓冬转过身时，一个可怕的念头击中了我：这是一个单独的病房，病房里没有监控，而俞晓冬可以 24 小时陪伴我。说是陪伴，其实就是监视，他练过泰拳，又经常健身，健硕的身体可以让他做到不吃不喝不睡。关键是这个 ICU 跟国内的不一样，国内的重症监护室周围全是玻璃，方便医护人员从外面透视观察。可这里的病房上半截是玻璃窗户，下面差不多有一人高，全部都是木头围挡，有很大的视线盲区。

ICU VIP 里只剩下我和俞晓冬。他死死地盯着我，突然俯身逼近，我吓得想躲，可根本动弹不了。他的眼神一下子变得特别凶狠，让我想起推我掉下悬崖时的那张脸。

“你记住！”他咬着牙说，“你是自己头晕掉下去的。无论谁问，你都要说，你是自己掉下去的。我跟警方和媒体都是这么说的。如果你敢和我说的不一样，我就弄死你。”

“好……”我艰难地挤出回应，声音细若蚊蚋。这不是屈服，而是重伤之下的权宜之计。

我刚刚做完大手术，精气神受损，身体虚弱不堪，非常乏累，但我不敢真正入睡。我像只惊弓之鸟，只要俞晓冬稍有动静，我立刻绷紧神经。因为我担心他走火入魔，对我下死手。他此刻要杀我易如反掌：一个枕头，或者拔掉氧气管，都能让我悄无声息地“意外死亡”。

而我毫无反抗之力。

我躺在病房里，第一次体会到什么叫“人为刀俎，我为鱼肉”。但在这极致的被动中，一股前所未有的求生欲却在疯狂滋长。

- 3 -

幽闭狭窄的病房，就像薛定谔眼中的盒子，而我是盒子里的猫。如果薛定谔站在盒子外面观察盒子里的我，在没有打开盒子的情况下，我既是生的也是死的，我处在这种叠加态里，或生或死都在俞晓冬的一念之间。他在病房的透明玻璃前踱步，不停观察走廊的护士和医生，他在经历人生最大的一次赌博，他要杀死我，必须在视线盲区内，他赌别人看不见。

赌赢了，他就可以继承我所有的遗产，过几年挥金如土的好日子；赌输了，他的后半辈子就只能在牢里度过，或者被判死刑。多年的商场经验让我对人性有着清醒的认知，我告诉自己，我能做的就是在他去往赌场的路上，在他孤注一掷的途中，把他拉回来。

首先，我要争取他的信任。在这个特殊的时刻，所谓的信任是求饶。我向他求饶，跟他保证，再三保证："我不会报警，而且我会原谅你，你想让我跟警察说什么，我就跟警察说什么，你想让我说我是自己掉下去的，我就说我是自己掉下去的。"

其次，在这个要命的时刻，我必须尝试换位思考，是的，该死的换位，我要站在凶手的角度上思考问题。一个凶手现在想要的应该是行凶后的心理慰藉，他需要一个可以下的台阶。于是，我跟他说："我觉得你可能也是一时冲动，才对我这么做的，毕竟我们现在有孩子了，以后孩子还是需要一个完整的家啊。如果我把你弄进去了，我也没办法跟孩子交代，我说什么，我说孩子啊，你爸是被我亲手送到牢里面的，因为他要杀你的妈妈。"

当然，我心里可不是这么想的。你都要杀我了，都要我的命了，我怎么可能继续跟你做一家人，而且还让你来跟我一起升级做爸爸妈妈呢？你不配！但是，现在我被封闭在薛定谔的盒子里，身不由己，我所做的一切，只是为了保命，我希望他手下留情，不要对我进行二次谋杀，哪怕保持这种既生又死的状态也好。

俞晓冬见我服了软，只是微微一笑，就转过身走到透明玻璃前，继续观察走廊。他时不时抬腕看表，像特工一样记录着走廊里人流的走向和护士的状态，他应该是在寻找时间的缝隙吧。

时间的缝隙，就是下手的时机。

我一动都不能动，只能默默躺在床上。我在祈祷：老天爷呀，让我动起来吧。

我的眼球扫向右半边身体，微光中飘浮着灰尘，清晰得粒粒可见。我怔住了，因为我看见我的右手食指在床单上有节奏地敲打着，手指敲打床单，激起了灰尘。我使出吃奶的力气，想要多恢复几根手指，可任凭我怎么努力，还是只有食指能动。

一只眼睛，一根手指，这是此刻的我能拿上台面的所有筹码。

有那么一瞬，我恍惚看见俞晓冬窜过来，拿起枕头捂住我的脸。我浑身一动也不能动，只有一根手指在拼命抖动。灰尘，更多的灰尘在我的上空急速荡起，而后慢慢归于平静。

哦，是我走神了。真正向我走来的是护士，护士后面跟着一个手持 POS 机的男人，原来是院方要我缴纳住院费和手术费。俞晓冬在我的包里找到了我的银行卡，他们让我在 POS 机上输入银行卡密码。原以为右手食指的恢复是为了抵抗俞晓冬的攻击，可老天爷却跟我开了一个天大的玩笑——它不是用来抵抗攻击的，而是用来输入银行卡密码的。

当我用唯一能动的食指输入密码的那一刻，内心涌起一阵巨大的悲凉——即便刚刚经历了生死浩劫，醒来后依然要面对这个充满金钱交易的现实世界。万一我银行卡上余额不足呢？万一我连一根手指都无法动弹呢？万一我坠崖导致头部受伤，意识模糊不清呢？只要这三种情况中的任何一种发生，我都可能无法获得及时的救助，甚至会被医院拒之门外。泰国的医疗体系不同于我国的“先救治，后结算”模式，一想到如果那一刻我无法结账，可能会被赶出医院，喉咙突然发紧，一股无尽的悲凉在我心中蔓延开来。即便我经历了那么大的背叛与伤害，这个世界对我依旧是那么残酷无情。

收费的人一走，病房顿时空荡起来。麻药劲过去了，剧痛卷土重来，我疼得直叫唤，喊着要打止痛针。这时，我的主治医生进来了，只见他穿着白大褂，长相俊朗，有点像泰国电视剧里的男明星。他轻轻碰了下我的左腿，我立刻发出杀猪般的号叫；他又捏捏我的右腿，我再次嚎得撕心裂肺。他用一口标准英语告诉我：是他和团队给我做了 11 小时的手术，我的右腿已经打好石膏；我的左腿粉碎性骨折太严重，暂时用夹板固定，还得再做一次修复手术。

他站在我和俞晓冬之间，宽厚的肩膀让我稍微安心了些。当俞晓冬提出要转院回曼谷治疗时，他直接回绝：“我是患者的主治医生，她的病情我比你更清楚。”

说完，他直视着俞晓冬，目光毫不退让。俞晓冬冷笑一声，转身避开对峙。我的“白大褂”医生亲自给我注射了止痛药，疼痛立刻减轻了一半——我知道，一半是药效，另一半纯粹是因为他在场带来的安全感。

可白大褂刚走，俞晓冬就快步冲到床前。他坚持要让我转院，不想让我继续在乌汶府的医院治疗，他说这里离事发地太近，而且警方也在盯着坠崖事件，这里不安全。他提议先转到曼谷的医院，之后再回中国治疗。

他俯身逼到我面前，脸离我只有一个拳头的距离，低声问我：“转院，你同不同意？”

我看着他近在咫尺的眼睛，知道此刻没有选择的余地。尽管我心里充满抗拒，还是轻声回答："好，听你的。"

- 4 -

当天下午，俞晓冬向医院提出转院申请，医院直接驳回了他的请求。医院不放，他就强行带我走。他直接打电话给曼谷的一个私立医院，要求对方从曼谷开一辆救护车到边境乌汶，为此他预付了一万多元人民币。救护车开了十几个小时到达乌汶，司机给俞晓冬打电话，说："救护车已经到医院门口了，你可以把人送过来，我们把她带回曼谷。"

俞晓冬拔掉我身上所有用来监护体征的仪器，包括氧气面罩、导尿管和引流管。由于我睡的病床是可以直通手术室的，病床底下带着滚轮，他就推着移动的病床强行往医院外面闯。

有护士看到这阵势，赶紧过来阻拦。

俞晓冬镇定地说："我们需要回曼谷更好的医院去治疗，我们不需要在这里，这里的医疗条件不够，而且我们自费叫了救护车了，不需要你们管。"

他边说边推着病床向前走，前面有医务人员拉住病床。

俞晓冬有些发狠了，他说："你们要签那个什么，就是后果自负之类的东西，没关系，我是家属，我来签。"

他的态度强硬，眼睛充血，猩红猩红的，但是，医务人员的态度也非常强硬，他们就是不放我走。

医务人员再三强调：这个患者现在已经是濒死的状态了，而且刚做完 11 个小时的大型手术，身上全是创口。创口一旦感染，后果是不堪设想的，人可能就救不过来了。之所以把患者送进ICU，而且还是ICU中的VIP，就是因为患者是重症中的重症，连动都不能动，现在把她弄出院，相当于看着她去送死。

冲突爆发得异常激烈，双方争夺的焦点是病床，确切地说，是病床上的我。而我只能像个破布娃娃一样躺着，既不能反抗也无法发声。我的身体动弹不得，更可怕的是，我连抗争的意志都不敢表露。要是让俞晓冬发现我和医护人员站在一边，他立刻就会起疑心，就会察觉到我承诺的“不报警不揭发”都是假话。所以我只能继续装乖，继续顺从。可天知道，看着他们拖曳我的病床时，我的五脏六腑都在绞痛。

其实，只要医务人员把免责文件拿过来，俞晓冬签了字，他就可以把我带走，我就再也没有以后了。我可能被俞晓冬捂死在救护车上，也可能死于创口感染。我躺在床上，任由俞晓冬拖曳着病床横冲直撞。他的力气大得吓人，医护人员在前面拦着，他就拖着病床在走廊里左右突围。我的身体随着病床剧烈晃动，好几处伤口同时崩裂，鲜血渐渐染透了白色绷带。在剧痛和眩晕中，我仿佛看见俞晓冬正把我和整张病床一起拖向鬼门关——那里空荡荡的，只有一片刺眼的白光。

我想，这次大概会死吧。

把我从那个白色世界里拉出来的是另外一抹白色。我的主治医生白大褂站在病床的前方，他仿佛变了一个人。第一次见他时，觉得他很俊朗，也很绅士，可面前的白大褂变了，变得像一头发怒的雄狮，圆溜溜的眼睛闪烁着像黑宝石一样的光芒，锐利又充满威严。

他的手搭在病床围栏上，掷地有声地对俞晓冬说：“患者不能出院，无论你讲什么都不能出院，即便你已经把曼谷的救护车花钱调过来了，即便你愿意在出院申请书上面，自己签后果自负，我们还是不能放她走。因为她是一条生命，从医学的角度判断，她现在出院，伤口暴发大量的感染可能会引发免疫系统的问题，她会死的，我们不能眼睁睁地看着一条鲜活的生命死去。”

听到这些话，我的眼泪一下子就流了下来。

白大褂疯狂、执拗甚至是固执地握着病床的栏杆，死活也不肯退后，在他眼里，我是一条鲜活的生命，他不允许他的病人去送死。而我也不希望白大褂遇到任何不测，这比我自己死去还要难以接受。我知道俞晓冬身上可能藏着枪，我不敢想象他会不会做出鱼死网破的事情。

热带季风吹进走廊，所有人的衣角都被掀了起来。风笼盖了一切，也刮在我的脸上，刚刚流下的眼泪居然被风吹了回来，重新灌进了眼睛。我再次睁开眼睛时，看见医院走廊里黑压压一片，挤满了人，医院的领导和医护人员，能赶过来的都赶过来了，他们站在白大褂身后，形成了一层又一层的人墙。

那一刻，一股巨大的暖流瞬间涌上我的心头，眼泪再次滑落眼眶。

俞晓冬的手伸进裤兜，我知道他在犹豫。如果枪在裤兜里，他掏出枪，那么事件性质就会由强行带老婆出院转变为持枪劫持人质，到时候警察会出现，狙击手也会出现。

季风刮过，大雨倾盆，砸在住院楼外的铁皮车棚上，发出“啪啪啪”的响声。我从每个人脸上都看到了急切、焦躁，甚至是颤抖。突然，手机铃声响起，铃声就像一块石头投入平静的湖面，涟漪散开。俞晓冬接起电话，他的脸上也出现了涟漪，不，应该是巨石投入湖面砸出的黑洞。

电话是曼谷的救护车司机打来的：他们从曼谷开了十几个小时，已经人困马乏了，司机提前半个小时给俞晓冬打过电话了，他们的预想是车到人也该送到，然后把人推上车，他们赶紧返回曼谷。可是，俞晓冬折腾了这么久还没把人弄出去，司机很不耐烦，一直催催催。

救护车从曼谷出发之前，俞晓冬已经把车费打过去了，相当于曼谷的医院已经收到车马费了。救护车到了乌汶，却迟迟接不到人，司机和随车护士给俞晓冬打了好几次电话，问走不走，不走他们就回程了，因为救护车还要给别的病人用。司机最后一次跟俞晓冬沟通后，没有经过俞晓冬的同意，直接开车回曼谷了。

我想，救护车上的司机和医护人员也算变相救了我一命吧。

救护车“呜哇呜哇”地开走了，俞晓冬也松开了我的病床，他说：“算了，那就先安定下来吧。”

白大褂和护士把我推回 ICU 时，我看见棚顶的灯向后掠过，我仿佛置身于一个移动医院里，窗外风雨交加，走廊内人影幢幢，他们全是天使，他们拼死保护着病床上的我。是的，我是一条鲜活的生命，他们不想眼睁睁地看着我去送死。所以，我不能辜负了他们。

我想，是时候主动出击了。

- 5 -

窗外，风消雨歇，屋顶积蓄的雨水顺着屋檐流下来，雨滴晶莹，每滴雨珠都映着躺在床上的我。我的意识早已穿越到那辆来自曼谷的救护车上。救护车会把我带回曼谷或带回中国，我将远离案发地，我将死于一只手，我看到那只手拿着枕头，活活将我捂死了。

如果说我被俞晓冬推下悬崖是一场八级大地震，那么悬崖便是这场地震的震源，或者说，地震以悬崖为中心，向外蔓延，波及乌汶府医院。俞晓冬强行带我出院，其目的显然是尽量远离震源，企图远离一切可能揭露真相的证据。而我，则必须围绕震源中心捕捉到地震的所有相关数据，因为只有这些数据与证据，才能揭示地震的真实成因，证明这绝非一场意外，而是一次蓄意的谋杀。

我得想个办法，得找个人证。我希望有第三方人证，证明俞晓冬是蓄意谋杀，或者用手机录下他对我的威胁。可我浑身上下没有一个地方是好的，骨头碎的碎，断的断，所有指甲盖全被掀起来了，就剩一只眼珠和一根手指能动。别说拿手机了，我连抬胳膊的力气都没有，怎么有办法自己拿着手机去录音？更糟的是，我的手机根本不在身边，在俞晓冬那儿！因为，去帕登悬崖看日出那会儿，我把手机落车上了。当时让俞晓冬开门拿，他说："我们就去一会儿，看完就回来了。"现在想想，这分明是掐断我求救的后路啊！

得找个人帮忙录音才行……这样想着，突然，我脑子里闪过一个人的名字。

乌汶的热带季风彻底消隐后，我瞅准一个时间点。大概是日落前，晚霞染红了整个西部天空，霞光经 ICU 对面的窗户折射进来，我跟俞晓冬说："不如这样吧！事情既然已经发生了，我答应不举报你，不揭发你，我也答应跟你回中国好好过日子，但你要给我一个承诺。承诺你以后不会再对我做同样的事情，不会再伤害我和孩子。"

他怔了一下，赶忙接住了话茬。他说："我不会的！只要你不揭发我，不向警察说出我的罪行，我就会加倍疼爱你和孩子，以后所有的心思都用在你和孩子身上，带着你和孩子好好过日子。”

我顺着他说道：“你光对我说不行，因为这里只有你和我。如果有一天你反悔了，或者说你食言了，那我找谁说理去？”

我见他坐在霞光里，沉默不语，继续表达我的想法，我说：“这样，从我们两家人里面，或者是我们两个的朋友里面，找一两个我们共同信任的人，我要求你当着他们的面对我立誓，保证这一辈子不会再对我做出同样的事情，你会永远对我和孩子好。立过誓言，这件事情我就不会去计较了，我就当它过去了。这是我唯一的要求。”

俞晓冬犹豫了几秒，同意了我的要求。

霞光散去，灯光亮起。我和俞晓冬选出了两个人，一个是他的妈妈陆慧芳，另一个是我们共同的好朋友——武元先生。经过大概一个小时的谈判，俞晓冬同意让他的妈妈陆慧芳以及我们共同的朋友武元来听他立誓。

其实，我说的承诺不追究这件事是假的，我怎么可能原谅杀人犯呢？我是希望我的朋友武元飞来泰国，帮我录音取证。

大概是晚饭时间，俞晓冬坐在椅子上摆弄着我的手机。我听见走廊里响起了四个轱辘的小推车由远及近的动静，各个病房里的家属和病号出门买饭，声音有些嘈杂，有要泰式米粥的，也有要香菜肉丸粥的。俞晓冬突然从椅子上坐起来，凑到我的跟前，我的右手食指下意识地动了一下。

俞晓冬说：“我不同意。”

“不同意什么？”我心想，莫非他后悔要找人来见证他立誓的事？

俞晓冬这个人精明得很，而做贼让他更加心虚，他对这件事保有警惕心。

“我只能跟一个人立誓，我只相信我妈妈，别的人我不相信。”俞晓冬说。

俞晓冬的妈妈向来护犊子，如果只是他妈妈来，肯定不会站在我这边，我也无法取证。我得想办法说服俞晓冬，让他同意朋友一起来。

“你妈妈年纪大了，她能一个人先飞曼谷，再从曼谷转机来乌汶吗？再说了，入境的话要填很多资料，都是英文和泰文的，你妈妈能不能看得懂？”我循循善诱。

“看不懂。”他说。

“那就需要一个人来带她呀。”我顺水推舟。

他又坐回到椅子上，不再说话。其间，护士进来了两次，第一次给我打了一针止痛药。护士用余光瞥了一眼俞晓冬，好像在观察对方，她甚至向我投来同情的目光。我捕捉到了她的善意，却无法用同样的目光给她回应。我只能在心底对她表示感谢。

护士第二次进来，是通知我第二天上午九点进行二次手术，临出门前还提醒我，手术可能会很漫长，让我有个心理准备。

护士两进两出，我则被俞晓冬两次放在巨大的显微镜下观察，我的每一个表情都是被放大的，一旦被检查出了反抗细胞，不知道他又会做出什么。

可我扛住了，尽管内心波涛汹涌，表面上却显得风平浪静。

俞晓冬最终还是答应，让武元飞来泰国，但是角色有所改变，武元不再是见证俞晓冬立誓的证人，而是陆慧芳的护送者。在这种事情上，我还是比较了解俞晓冬的。他心疼他妈陆慧芳，他觉得他妈过来没有人护送，一个老太太坐飞机出国，先到曼谷又要到乌汶，她可能搞不定入关和转机的事情。出于这个考虑，他才同意武元护送他妈来泰国，只不过护送完毕，武元就得打道回府。

不管怎么说，我达到了我的目的，或者说我争取到了这个机会。在俞晓冬的安排下，陆慧芳和武元连夜从中国飞来泰国，也就是说二次手术结束后，我会见到我的朋友，我希望他能找到时机帮我完成录音取证。

我迫切期待着武元的到来，尽管这里他人生地不熟，还要面对俞晓冬的威胁。但他现在不仅是我的希望之星，也是我唯一的救命稻草。

◆◇ 第三章

斗智斗勇

-1-

婆婆陆慧芳走进 ICU 时，我刚从第二次手术的麻醉中醒来。她看见的，是一个被绷带层层包裹、浑身插满各种管子的怪人。

陆慧芳站在门口，离我远远的，仿佛我身上带着什么病毒似的。

“哎呀，不就是骨折嘛！谁没骨折过呀，两三个月就好了，没事，养一养。”她以一个久病成医的过来人的口吻，异常冷静地评价道，眼神里全是疏离，不见半分关切。

她的反应令我大为诧异。即便是个局外人，看到我这副人不人鬼不鬼的模样，也该感到痛心。她却平静得近乎冷酷，完全一副事不关己的姿态。那一刻，我多希望能看到些许温情，哪怕她只是装装样子，趴在我床边问一句：“你怎么啦？你疼不疼啊？你现在感觉怎么样？”可她连这点表面功夫都懒得做，就那样远远地站着，既没有靠近病床，更没有靠近我。

ICU明明逼仄得很，陆慧芳却仿佛远在天边。她缩在角落反复念叨："哎呀，不就是骨折嘛！两三个月就好了，有什么要紧的？我以前也骨折过，我儿子也骨折过，不都很快就好了嘛，没事的。"

我原以为我们婆媳关系还算不错——我给她买房子，定期给她的银行卡打钱，对她足够好，平时两人见面相处也蛮好。可事到临头才明白，翻脸不过是一瞬间的事。我的脑袋里不停地闪现出最近见到的不同面孔，哪怕素不相识的陌生人，看到我浑身插满管子躺在病床上，都会流露出心疼与怜悯。而陆慧芳，她连人类最基本的共情能力都丧失了。

我躺在床上，眼泪无声地往下流。这一刻我无比想念我的父母——他们绝不会这样对我。我在心里反复默念："你接纳什么，什么就消失；你反对什么，什么就存在。如果你不明白你的敌人是你自己，你会把所有的时间、精力都用在改变别人上，最后一无所得。"

念着念着，我突然感到一股力量在震动。阳光里的尘埃加速舞动，就在这时，门开了。一个高大健壮的身影走进来，他长得高高的，壮实得仿佛一堵墙，他就是我和俞晓冬共同的朋友武元，以前是职业篮球运动员。

武元一进来，看到我的惨状，非常震惊，眼里满是心疼，他立刻上前关心地问我："怎么伤成这样？发生什么事了？"

俞晓冬冲出来，站在我和武元之间，抢着解释："她怀孕低血糖，自己摔到悬崖底下去了，但是不严重，就是骨折！"

武元一拳擂在俞晓冬的肩膀上："你怎么搞的，连自己的老婆都照顾不好！"

武元不知道我是从34米高的悬崖上掉下去的，他以为只是普通的伤，但他下意识地闪过俞晓冬，一边观察我的伤势一边慢慢靠近我的床，嘀咕着：“怎么伤得这么严重啊？”

我看到他的眼泪淌了出来，脸上明晃晃的一片。

俞晓冬紧紧跟在武元身后，不停地补充解释：“她是孕妇嘛！平时就有点水肿，看起来就有点严重，不过医生说没关系了。”

武元看了看我，又看了看俞晓冬，有点不相信，但见我没出声，他姑且相信了这个说法。

俞晓冬怕我和武元沟通，于是催他买票返程。

“你也是请假过来的，我妈已经到了，你赶紧看看回程机票，赶紧回去吧。”俞晓冬催了几次，已经有些不耐烦了。

武元是个直性子的实诚人。俞晓冬催他看航班，他就真的掏出手机看航班去了。他一边看机票，一边提醒我骨折恢复的具体事项。他是运动员出身，自然非常了解骨折的事情。而俞晓冬则站在一旁死死盯着我，陆慧芳也从天边慢慢走到床边死死盯着武元，我知道这个时候我不能动。

俞晓冬见武元开始看机票，还提醒他：“现在时间还早，你买最快的机票回去，今天就能回到南京，还不影响你明天上班！”

我看似淡定，心却提到了嗓子眼。万一主线任务没有完成，武元就被打发回了中国，我怎么办？

- 2 -

乌汶是一座边境小城，地理位置偏僻，游客多是冲着世界上唯一会发光的寺庙荧光寺来的。当时每天只有一班飞机往返乌汶——

武元搭乘的飞机在乌汶落地后，当天就没有返程的航班了。

武元发现当天没有回国的机票，就跟俞晓冬说："今天没有机票了，最快的机票是明天下午两点的。"

俞晓冬只能点了点头。那一刻，我看见 ICU 的顶棚上出现了一个生死倒计时。未来的 24 小时，可能是我新生的开始，也有可能是我这一生的终点。而我要做的就是在 24 小时之内支开俞晓冬和陆慧芳，把一切都讲给武元听，让他知道真相后帮我录音。

俞晓冬一直提防着武元，拉着他同进同出，上厕所都叫着武元，不给我任何和武元单独相处的机会。

于是，躺着的我、坐在床边的武元、靠在窗前的俞晓冬和远在天边的陆慧芳挤在一个狭小的房间熬起了鹰。在俞晓冬和陆慧芳眼里，我和武元是鹰；在我眼里，陆慧芳和俞晓冬母子二人是鹰。武元对俞晓冬没有任何戒备，不明所以地坐在床头看着我，时不时转过头遇到俞晓冬审视的目光，他还不知道他是一只鹰，正被猎人熬着，他也不知道背后的危险。此时我却不能提醒他，眼珠不能乱动，嘴巴也不能讲话，我在等一个机会。

时间从我眼前飞速地流逝，我看见流沙般的空间一点点坍塌破碎。嗓子里涌出的血进入气管，我一动也不能动，仿佛被鬼压在床上。我猛烈咳嗽起来。武元喊来护士，护士帮我清理了嗓子和气管里的瘀血。陆慧芳自始至终看都没看我一眼，原来，她从来都没有心疼过我，她心疼的是她儿子。

我的状态稳定后，护士就走了，ICU 重归寂静。陆慧芳开始坐不住了，她不停对俞晓冬说："儿子你吃点饭啊，儿子你睡一会儿吧，儿子你不要这样子，你这样子不吃不喝不睡的话，要把身体搞坏了呀……”她端着医院给我发的粥，拿个勺子说：“儿子来喝点粥吧。”说着她又把粥喂到她儿子嘴边，“你吃两口啊，不然身体会垮的呀。”

紧接着，我又听见陆慧芳说：“儿子你要不找个旅馆睡一会儿吧，你看你眼睛都红了，人不睡不行的呀！”

俞晓冬拒绝了陆慧芳的提议，继续不吃不喝不睡，死死地守着病房，一步也不离开。我们就这样相互熬着，直到深夜十一点多，事情终于出现了转机。

整整九个多小时，陆慧芳眼睁睁看着儿子滴水未进、双眼通红，她也跟着不吃不喝不睡，头发凌乱。她有些神经质地开始念叨：“一定要给儿子补充营养”，“必须让儿子睡一会儿”。她围着儿子打转，突然说要去找超市：“得买牛奶、三明治……还得买点肉，买点补品，没有营养身体会垮掉的。”

俞晓冬一把拉住陆慧芳，说：“你不认识路，也不会说泰语，走丢了怎么办？”

陆慧芳执意要俞晓冬陪她去。可俞晓冬哪敢离开？他既要死死盯着我，又要看紧武元。但邪就邪在哪里呢？陆慧芳是真心疼儿子，生怕他身体垮掉。

她一个劲地说：“我一个老太太，哪怕不会说泰国话，哪怕不认识路，哪怕看不懂价格，也要出去给你找吃的。”

俞晓冬权衡再三，突然拽起武元：“走，一起去超市。”眼看武元跟着俞晓冬站起身，我的心瞬间沉到谷底——俞晓冬的阴谋又要得逞了。

生命有时会因为一刹那而变得永恒，也会在一刹那被人摧毁。武元站起来的一刹那，我很绝望，因为我不知道武元会说什么，也不知道下面会发生什么。

武元站起来，愣了一下，然后说：“我不太饿，不想吃。”

陆慧芳着急了，催促俞晓冬：“他不饿就让他在这儿吧，我们两个去，不带他。”

我长舒一口气，随即偷偷瞄了一眼俞晓冬。

“这怎么行？武兄大老远来一趟，我这个东道主怎么能不尽地主之谊？医院旁边就有一家不错的酒店，我们先去吃点东西，然后你可以住在酒店休息……”俞晓冬边说边揽住武元的肩膀往外走，那热情洋溢的模样，活像个招待贵宾的主人。

那一刻，我的世界慢慢变成了黑白，仿佛世界上所有的色彩都被人吸走了。武元原本是这个世界最重要的一抹色彩，可他也要被俞晓冬拉走了。

想想也是，俞晓冬怎么可能让我和武元同处一间病房呢？他肯定会想方设法支走武元。

不过，陆慧芳去超市给儿子买食物的态度也非常坚决，她见俞晓冬很磨蹭，干脆甩开俞晓冬，独自一人走出 ICU。

俞晓冬一看陆慧芳自己走出病房，想追过去可又放心不下武元，继续劝说武元：“你跟我们一起走吧。”

“我真不饿，之前已经吃过飞机餐了。”武元回绝道，然后一屁股坐了回来。

也许他是真不饿，也许他不想把我单独留在病房里，他再次坚决地拒绝了俞晓冬。

武元是那种一旦想做一件事，九头牛都拉不回来的人，俞晓冬也知道武元的为人。何况，比起拉走武元，现在于他而言，更重要的是去追陆慧芳。毕竟陆慧芳不会泰语不会英文，在外面人生地不熟的，面对一帮泰国人，再遇到什么摩托车飞车党，万一出现什么问题怎么办？

俞晓冬跑出门前，叮嘱我："我跟我妈到门口的超市去买点吃的，五分钟就回来。"

我能够感受到俞晓冬的焦躁，他恨不得三分钟就能返回病房。不管是三分钟还是五分钟，都是我求之不得的时间缝隙。就是在这极其宝贵的时间缝隙，我等到了绝处逢生的机会。

来乌汶旅行的人都知道，荧光寺是会发光的，夜越深，天越黑，光芒就越强烈。那一刻，我看见了耀眼的光芒。

- 3 -

有人说，时间因事件而存在。俞晓冬陪陆慧芳外出买食物，这是事件一；他们买完东西回到医院，这是事件二。事件一和事件二中间，存在着一个微小的时间缝隙，或许是十分钟，或许只有三分钟。而在这稍纵即逝的时间缝隙里，却藏着我命运的转机，我必须抓住时间缝隙里的每一秒。

俞晓冬前脚刚走，我立即跟武元说："你去门口，看看他们走远没有。"

武元愣了一下："你说什么？"

我有些急了："你先别管我说什么，你照着我的话去做。你去门口，看看他们走远没有。"

武元点头，去 ICU 门口看了一下，回来说："走了。"

我加快语速说："你不要着急回来，你站到 ICU 门口去，站一分钟，然后再回来。"

因为俞晓冬这个人诡计多端，他很可能半路折返，所以我让武元到 ICU 门口站一分钟。

武元蒙了，不解地问："干什么，我为什么要站一分钟？"

我声音微弱但态度坚决："你先去做，回来再解释。"

武元去门口站了一分钟，直到我们两个人都确定俞晓冬没有回来，母子俩确实走远了以后，他才回来。

我用能动的那只眼睛紧紧盯着病房门口，让武元把凳子搬到我的床头边坐下。

我深吸一口气，第一次说出事情的真相："我要告诉你一件事，我不是头晕掉下去的，我也不是意外受伤的，我是被俞晓冬骗到一个很高的悬崖上，被他从悬崖上推下去的。他要杀了我，继承我的财产。老天有眼，我没死，他现在在威胁我，他说，如果我报警的话，他就弄死我。我现在不能报警，否则他分分钟就能掐死我，我没有能力反抗的。况且，他手里可能有枪。"

武元瞳孔放大，满脸惊悚："怎么可能呢？你们是夫妻啊，他是你丈夫啊，你还怀着孕呢，怎么可能呢？"

我继续说："我现在需要你的帮助，你愿不愿意帮我？我需要你在他们从超市回来以后，偷偷帮我录音。我会想办法引导他说出他推我坠崖的这件事情的经过。你一定要想办法帮我录下来，因为这件事现在没有人证物证，如果能录到音给警察听，给法官听，我就有实锤了。不然的话，我永远没有办法证明我是被人谋害的，真相永远不会有人知道。"

我十万火急地、一刻也不停地说着这些话，我担心俞晓冬会以最快速度返回。说完这些话，我以为他会很干脆地答应我说“好的”，但结果却不是这样的。

武元听完以后，非常震惊，张开的嘴巴还没来得及合拢，就开始微微地颤抖。他没有想到，生活中那么熟悉的人居然是一个杀人犯，竟对自己的妻儿痛下毒手。他跟我说话时，语调和声音都是抖的，而且嘴唇发白，瞳孔放大。

他真的害怕了，害怕得似乎已经忘记了他自己是一个一米八五的壮汉子。

他说：“俞晓冬丧心病狂，为了钱六亲不认，连你和他的骨肉都要杀，万一我在录音的过程中被他发现了，他会不会直接就把我弄死啊？我也有父母家人，我不能冒险，我太害怕了，太害怕了，我不敢这样干，我不敢，我不敢啊！”

我听到他说他不敢的时候，我看到他浑身颤抖的时候，我感同身受，眼泪喷涌而出。

我理解他的想法，但是我走投无路，他是我现在唯一的希望，于是我试着劝说：“兄弟，你冷静一点，你镇静一点。我知道你会担心，他可能会做伤害你的举动。他对我动手的地方是悬崖，那个地方没有监控，也没有目击证人，所以他才敢动手。现在是在医院里面，病房外面还有很多医护人员、患者和患者家属，如果他在这个地方动手，他跑不掉的。你不要害怕，况且你跟他真的打起来，你能赢的！”

武元还在瑟瑟发抖，不肯答应，他说：“不行，我太害怕了，我出手再快，也快不过刀枪。我要走，我要回中国，我帮你报警，我要告诉你爸你妈。”

我安抚他，带着央求的口吻说：“你千万不要走。我现在无依无靠，我真的走投无路了，只能靠你了。如果你不帮我的话，这件事情就没有任何证据了。你要是选择帮我保留证据，你就跟我一起铤而走险。如果你真的害怕在录音的过程中被他发现，我也没有办法强求你。我真的求求你了，我求求你了，你看在我们这么多年的交情上，你看在我现在这么惨的分上，你一定要帮我一次。”

武元的恐惧与犹豫再正常不过，任谁遇到这种事情，都难免挣扎。我清楚看见他眼底的波动，他当然会恐惧，因为他知道曾经的朋友俞晓冬已经杀红眼了。杀红眼的人基本都会陷入一个更可怕的逻辑，杀一个是杀，杀两个也是杀。而且俞晓冬身上可能有枪，枪是他在曼谷黑市花了四万块钱偷偷买的。

临近午夜时，窗外刮起了大风。黑压压的树影在风中剧烈摇晃，树叶发出“哗——哗——”的嘶吼。在这不安的声响中，武元焦躁地在病房里来回踱步。月光将他的影子拉得很长，映照出人性最真实的模样：从最初的震惊，到恐惧，再到自保的盘算，最后陷入痛苦的犹豫不决……

随着窗外的风慢慢停下来，我看到武元也渐渐变得镇定下来。这是我第一次在现实中目睹一个人做出抉择的全过程。短短几分钟内，他经历了所有黑暗情绪的撕扯，穿越了属于自己的灵魂暗夜。最终，风暴在他眼中平息，他决定走向正义。

他走近我，低声说：“行，豁出这条命，我帮你。”

听到他这句话，我的眼泪止不住地往外涌。有人愿意陪我同生共死，愿意豁出一条命陪我面对杀人犯，这是何等的荣幸。从那一刻起，我甚至都觉得我已经安全了。

武元拿出纸巾帮我擦脸上的泪水，我也努力平复情绪。我知道，现在还不是哭的时候，我要准备战斗了。

我和武元刚达成协议不久，ICU VIP 的门就被拉开了，只见俞晓冬和陆慧芳从外面走了进来，手上提了一大堆吃的。

武元整个人吓得一哆嗦，下意识地往我病床的方向挪了挪。他装作若无其事地问俞晓冬："你们买东西回来啦？买什么好吃的了？"

俞晓冬没接话，警惕地看着我们两个，问："你们两个刚才聊了什么？"

武元一下子被问愣住了，答不上话来。

我赶紧喊起了"疼疼疼"，借此分散俞晓冬的注意力。

我说："我太疼了，让武元去跟护士申请打止痛药，看能不能打，护士说不能打，说我今天已经打得够多了，所以我们一直在商量怎样才能让护士进来给我打一针止痛药，疼，疼，好疼！"

俞晓冬半信半疑。因为我一天需要打四五支止痛药，护士之前交代过，如果我实在太疼，可以另外申请再补打。武元也看出俞晓冬在怀疑他，所以他就故作镇定地走到旁边的椅子上坐下来，假装什么事情也没有发生。

陆慧芳从袋子里掏出吃的，扯开包装，递到儿子嘴边，念叨着："儿子，这个是牛肉啊，牛肉补充营养的，来，妈妈喂你。儿子你吃两口啊，哎呀，不要不吃饭，不吃饭身体会垮的呀。小时候家里那么难，妈妈不也每天给你吃鸡蛋你忘了吗？现在也要好好吃饭。”

俞晓冬嚼着牛肉，嘴里发出“吧唧吧唧”的响声。他的手也没闲着，拿起一盒真空包装的小罐燕窝送到陆慧芳嘴边，他说：“妈妈，你喝点燕窝，这个泰国燕窝可好了，大补的。”

燕窝是帕登国家公园的工作人员送来的慰问品，给我补养身体的。俞晓冬没有给我打开过，也没有喂我喝过。他富有意味地看着我，他说：“暖暖现在重伤不宜大补，妈妈你喝吧。”

他的眼神带着某种说不清道不明的意味，仿佛是在挑衅，也貌似用上帝视角俯视人间，我知道他在观察我的反应，想从我的反应中得到某个答案。

俞晓冬认为他拥有看穿别人的能力，至少能看穿我。

- 4 -

我如他所愿，扮演着一个市井小女人的角色。我用眼神和手指传达着俞晓冬希望看到的情绪——嫉妒。只有让他确信我正嫉妒着他们母子畸形的亲密，他才会放松警惕。

这种畸形关系，早在一次旅行时就初现端倪。记得第一次带陆慧芳出游，我们特意为她单独开了房间，谁知她执意要和儿子同住。此后每次旅行，这都成为我们争吵的导火索。直到有一天，俞晓冬干脆订了三人亲子房。看着他们母子理所当然地同睡一室，我才恍然大悟：原来我嫁了个彻头彻尾的“妈宝男”。

我用唯一能动的眼珠一动不动地盯着妈宝男俞晓冬，他嘴角扬起满意的弧度，继续给陆慧芳喂燕窝，而陆慧芳则继续喂他吃牛肉。

吧唧声、吸溜声此起彼伏，令人生厌。

我只能忍着，因为时候未到，我还不能刺激他，我要继续等待。

等到时间已过午夜，外面的大风也已经消隐了，这个时候，正是俞晓冬心理防线最薄弱的时刻。

“现在也没有外人，”我突然开口，声音划破病房的寂静，“我们聊聊这个事吧，你为什么把我推下去，你到底对我有什么不满？”

俞晓冬略显迟疑，不接话，沉默着。

武元平时就是个老实人，这个时候他能够做到的最大限度的表演，就是假装镇定，他装作不知情地看着我们。

可无论我怎么问，俞晓冬就是不说话，保持着高度警惕的状态。见状，我决定不再讲了，越讲他警惕性越高。

然而，这个时候，万万没想到，神助攻出现了。

陆慧芳听到我不断向俞晓冬问话，但是她儿子又保持沉默，她也想知道怎么了。于是，她开始问：“儿子，她刚才一直在那儿说你推她，说不是意外啊，问你打算以后怎么办，说家里人早晚要知道的，她到底在说什么？”

俞晓冬继续选择沉默。陆慧芳发扬了她打破砂锅问到底的精神，追着问：“说啊，你说说啊！”

我没想到还有这个转机，立刻跟在后面蹚浑水：“对呀，你要告诉妈妈呀，妈妈是最爱我们的人，妈妈没有什么不能接受的。我们没有理由欺骗妈妈。”

果然，俞晓冬开始动摇了。他可以跟我已读不回，但是妈妈问的问题，不能不答，如果不回答的话，就是不尊重他的妈妈。他看着陆慧芳，奇迹般地开口了，上来开门见山就是一句：“是的。”

我一听就急了，就算录到音，录到的只是“是的”两个字，没有前言也没有后语，根本无法成为证据。

于是，我继续引导：“是什么啊？妈妈年纪那么大了，你一句‘是的’，她知道什么啊？是你把我推下去的，是你处心积虑要杀我，你一定是有你的想法的。我觉得趁妈妈在，我们把这个心结聊开，我也答应你不跟警察说出真相，我也答应你以后回去要钱，我就给你钱。如果说你在这个时候把话讲得不清不楚，我觉得你是不尊重这个事情,不尊重我,也不尊重妈妈,你也不想以后跟我把日子过好。”

我故意刺激他的神经。

武元在旁边一言不发，大气都不敢喘，就好像隐形了一样。

我发动我全部的脑细胞和毕生所学去插话，我希望他能说出一个完整的句子。如果我录到的是一个完整的句子,他亲口承认他推我，并且说出他推我的原因，那么录音就可以交给警方作为呈堂证供。

在陆慧芳的追问和我的插话下，俞晓冬可能一时之间心智乱了分寸，也可能放松了警惕，他终于开口回答陆慧芳的问题。他俩相对而坐，陆慧芳直直地盯着他，那架势好像让他无处可躲。这个妈宝男最见不得母亲担心，既然妈妈想知道真相，他就不得不说。

他完全没意识到，在他回答母亲的同时，我们都在听着——而武元正在录音。要是俞晓冬知道武元在录音，就算刀架在他脖子上，他也绝不会吐露半个字。

然而，我们还是低估了俞晓冬的警惕心。他跟陆慧芳说话时，故意用普通话夹杂着大量江阴方言——那是我和武元完全听不懂的家乡话。

这江阴方言就跟天书似的。我和他在一起的二十三个月里，一句都没听懂过。现在只能干看着他们母子俩叽里咕噜说个没完。说到后来，陆慧芳开始用余光扫我。我猜他们八成是在说把我推下悬崖的前后经过，但陆慧芳的神情很平静，没有任何责怪俞晓冬的意思。

俞晓冬话音一落，我继续插话：“现在妈妈已经知道事情的经过了。你需要认认真真地发一个誓，做出保证。只有这样，我才能相信你。我的诺言是我不报警，我不揭发你，然后跟你回中国好好过日子；你的诺言就是以后不会再伤害我，并且全心全意对我和孩子好。我们要各自为自己的诺言负责。”

我躺在床上说，武元坐在我的身边；俞晓冬和陆慧芳坐在床尾那边，一个不动声色，一个满脸忧愁。

我继续说：“我先带个头，虽然俞晓冬把我推下悬崖了，做了种种伤害我的事情，我非常生气，但是鉴于他跟我诚心地悔过，我决定不去检举他、揭发他，我会按照他的意思去跟警方说，我是自己头晕掉下悬崖的。请大家放心，我在这里的治疗结束以后，我们就会回到中国，我们会好好地过日子，我们会相亲相爱，不再会有类似的事情发生了。好，我发完誓了。”

我盯着俞晓冬，说：“你的誓言，该你讲了。”

俞晓冬眯着眼睛，缓缓转过头，盯着武元，看了足有半分钟。武元坐在床边的椅子上，我能看到他左手手背上的青筋在轻轻地有节奏地跳动，仿佛在发电报，我甚至能模糊地听见空气中陡然响起了电波声，嘀嘀，嘀嘀嘀……

- 5 -

俞晓冬是个精明的人。我跟他结婚后，曾去过他的老家。有一次，婆婆陆慧芳说漏了嘴，我从中发现，俞晓冬不但精明，而且善于控制人心。

他和前妻离婚前，骗前妻签了一份担保借钱合同，然后他用担保合同借了一笔钱，在赌桌上输掉了，钱还不上，高利贷自然追上了门。他就跟前妻说，现在高利贷追上门了，如果起诉的话，我们两个人都要坐牢。现在我们俩之间只能保一个，反正我坐过牢，不怕再坐一次，不如我们俩先假离婚。

为了让他前妻相信他，俞晓冬写了一个保证书，保证他们是假离婚。离完婚以后，生活形式一切不变，他们还是生活在同一个屋檐下，谁也不离开谁，等高利贷事件平息了，他们再复婚。如果说他们要来抓人，要坐牢的话，抓他去。他前妻是个法盲，文化水平低，就被他骗了，而且她当时还非常感动，流着眼泪把婚离了。而俞晓冬认识我以后，一直跟我说，他与前妻性格不合，是自愿离婚的。所以，精明的俞晓冬是不可能将犯罪事实说出来的，何况病房里还有武元在场。当我提出要求时，他好像感觉到了不对劲。

他反问我："之前不是说过了吗？为什么还要再说一遍？"

我有点急了，我说："我就是想再听你说一遍才能安心，如果你不愿意给我再立一个誓言的话，我就不安心，我就不能相信你。"

不等他开口，我继续说："这么重要的誓言听一遍是不够的。你需要再说一遍，我保证这是最后一遍，你就满足我吧。"后面我甚至开始恳求他，"我求求你了，你就再说一次吧。"

俞晓冬吃软不吃硬，我求他一回他不上当，那我就求他两回。住院两天以来，我一直在示弱，我发现，我一旦示弱，他的精神就会放松下来。为了活下去，我只能利用一切我能利用的。我就一直求，一直求，一直求他再说一遍，终于，他站起身说：“那行吧，我再说一遍。”

他对我宣誓说：“暖暖，是我不对。只要你不去举报我的话，我保证以后对你和宝宝好，我们回国以后好好过日子。”

我继续示弱，哽咽地说：“你为什么要推我？”

俞晓冬显得有些激动，他说：“暖暖，你是我认识的女人里最完美的一个。你很善良，对待工作积极努力，有经商头脑，对待家人和公婆也很好，对待朋友也很和善，对我也很好。我确实找不出你有什么缺点，你真的很完美，但如果硬要说你有什么缺点的话，就是在金钱上不能满足我。我在外面赌钱，又欠了债，你却发誓说再也不会替我还一分钱赌债。说不还就不还，一分钱都不还，做得很绝，你知道吗？既然你满足不了我，那我没办法，只能把你推下去了。”

我继续哽咽着：“你现在知道错了吗？”

俞晓冬使劲点点头：“是我不对，我不该赌博，不该偷家里的钱，更不该推你的。”

我能感受到，在俞晓冬说这些的时候，武元害怕得要死，他害怕录音被俞晓冬发现，对方一时激动崩了他。但是他也有机智的一面，他努力帮我套话，他问俞晓冬：“你跟她离婚不行吗？”

俞晓冬说：“离婚当然不行，毕竟钱不是我挣的，离婚的话我不会分到什么钱。就算暖暖愿意给我，给的也是九牛一毛，给那几百万又有什么用呢？”

原来俞晓冬要的是我的全部身家，所以他不是没有想过离婚，他只是觉得离婚拿到的那点钱满足不了他。

武元又问：“你现在对暖暖做了这个事情，有没有想过后果？”

俞晓冬说：“我当然想过，成王败寇。成了，那就是老天爷在成全我；输了，法律要怎么惩罚就怎么惩罚，拉我去枪毙，我也无所谓。”

说完，俞晓冬无所谓地冲着武元笑了笑，然后伸手摸了摸后腰，那里隐约有一处隆起，仿佛枪的形状……

- 6 -

后来，病房再次陷入了沉寂。俞晓冬不愿再多说什么，我也不敢再问什么。沉寂是让人可怕的状态，因为沉寂有双面，一面是静默的，而另一面可能蛰伏着爆发。除了沉寂，病房里还有恐惧，我恐惧录音被俞晓冬识破，而武元则直接成为恐惧的化身。

武元听完俞晓冬的大量陈述以后，觉得他丧心病狂，无可救药，并且他坚信俞晓冬后腰上卡的东西是枪。武元坐在椅子上，陷入高度的紧张，他也不玩手机了，注意力全部集中在我们三个人身上，特别是俞晓冬。俞晓冬只要动一下，武元都会本能地挪动一下凳子，或者是下意识地站起来，朝远离俞晓冬的方向挪两步。

恐惧还具有传染性，武元的肢体语言已将恐惧表现得极为明显，达到了几乎无法掩饰的地步。倘若他的这种状态持续下去，以俞晓冬敏锐的观察力，识破真相只是时间早晚的问题。一旦被俞晓冬看破，武元极有可能在压力下被迫承认录音的事情。而一旦录音被删除或被收回，我们之前的所有努力都将付诸东流，我再也不可能有任何机会获取这份关键证据了。

时间开始过得缓慢，漫长的一秒过后是下一个漫长的一秒，我觉得空气都凝固了。我不敢看俞晓冬，只是偶尔用左眼的余光朝他的方向扫一下，他稳稳坐在床尾的椅子上，看样子没有离开的打算。因为之前的几天，他从来没有离开过 ICU VIP，无论是白天还是黑夜，他都不曾离开。按照之前的规律，今夜他还会在这里过夜，所以我觉得我被推进了一个死局，而我已无力破局。

病房里的四个人陷入了长久的僵持，而俞晓冬快速从这种氛围里觉察到了某种危险。他揣起手机，把所有注意力都汇集到了我的身上，偶尔他也会突然转过头看向武元和病房外来来回回的人流。

被俞晓冬突然盯着，武元更加紧张了，他赶紧移开眼神，身体朝床头挪了挪。俞晓冬突然起身，把手伸向后腰，武元也站了起来。我闭上眼睛，把命运交给了黑暗，我想武元可能露馅了吧。

这时，电话铃声响起来了，陆慧芳拿着手机走到门外接电话，而俞晓冬转身走到病房门口，听陆慧芳打电话。我松了一口气，用眼神暗示武元坐下来。武元颤抖地点点头，缓缓坐在椅子上。

陆慧芳接完电话走回病房，仍然远在天边，有时候跟俞晓冬聊聊天，打打岔，有时候看看手机，回回消息。

俞晓冬继续观察武元，时不时跟武元叙旧唠家常，甚至问武元手机里有没有他们以前的合影。提到手机，武元抖得更厉害了，我心想恐怕不用到天亮，武元就会暴露。

漫长到令人窒息的对峙，我提心吊胆，如履薄冰，生怕录音的事露馅。也不知到底熬了多久，事情终于出现了转机。陆慧芳熬不住了，她说：“太晚了，我想休息了。”说完，她又心疼儿子已经熬了好几个通宵，害怕他把身体熬坏了，于是她建议他们一起在附近找个酒店开个房间。

俞晓冬当然没同意，他跟陆慧芳说：“我不去外面住酒店，我就在这里陪着暖暖。”陆慧芳也没说什么，又坐下了。

大概过了二十分钟，陆慧芳又开口了，这回她强烈要求去开房睡觉。她说，人不睡觉是不行的，身体是会熬坏的。最后，陆慧芳拍了板，她让俞晓冬去外面开一个房间睡觉，她留下守着我。

出于对陆慧芳身体的考虑，俞晓冬第二次表示拒绝了。他提出了一个新的想法：陆慧芳先留守 ICU，他和武元出去开两间房，先把武元安顿下来。然后，他和武元回到医院，他留守 ICU，武元带着陆慧芳去宾馆休息。

俞晓冬的计划相当谨慎，相当于无缝衔接，既出去开了房让陆慧芳得到休息，又使得我和武元没有单独接触的机会。在长达近四个小时的僵持过程中，他应该已经觉察到有一点点不对劲了，可他没有证据，但是他不可能再给我和武元单独相处的机会，所以他就想出了这样一个两全之策。

我能说什么呢？稍不小心，不但会葬送我和孩子的性命，也会将武元推下深渊。然而，他的完美对策，却遭到了陆慧芳和武元强烈的反对。陆慧芳太心疼儿子，儿子在 ICU 连续“看护我”好几天了，她怕儿子身体垮掉。武元也是一万个不愿意，他不能跟俞晓冬单独出去，因为他太害怕俞晓冬了，他对俞晓冬的恐惧已经到达了顶峰状态。万一在开房路上露馅，俞晓冬把他做了呢？于是他说他晚上一般睡得很晚，他可以在这里玩玩手机，打打游戏，关键是陪陪暖暖，毕竟他第二天早上就要走了。

尽管遭遇双重反对，俞晓冬却没有放弃，他一直劝说武元跟他去开房，但武元的态度异常坚决，甚至搬出了一个不可拒绝的理由。他来泰国是来看我的，看到我变成这个样子，作为朋友，他哪还有心情去睡觉呢？

俞晓冬一听，使劲皱了皱眉头，一副纠结的样子。迫于无奈，他在陆慧芳的催促下，只好同意让武元留在病房，他带着陆慧芳去酒店安顿。

陆慧芳和俞晓冬走后，我没有让武元去做什么，可他跟了出去。也许有了上次的经验，他跟在陆慧芳和俞晓冬身后走到医院大门外，确定他们离开后，他又在 ICU 门口待了将近两分钟，确认他们真的走了，才回到我的病房。

他一屁股坐在椅子上，抹了一把额头的汗水，又把双肩背包卸下来，双手抱在胸前，仿佛抱着一个小孩一样。我知道他一直在克制他的恐惧。

我迫不及待地跟武元确认录音的事情。我问他：“我都没有看到你弄手机，你录到了没有？”

武元掏出手机，解锁屏幕：“录到了，你放心。”

武元播放录音时，他的手还在抖，以至于我听到的录音也是发抖的。武元说他自己挺㞞的，居然害怕得要死，说话时舌头都打结了。

我说：“你一点都不㞞，你比世界上所有的男人都要伟大。”

我告诉武元先把录音上传到云端，备份保存证据，即使中途被识破，手机被抢夺，但至少证据被保存了下来。继而我又嘱咐他："你回去以后一定要想办法把江阴话翻译成普通话，把普通话翻译成英文，再把英文翻译成泰文，然后把录音证据交给警察。"

俞晓冬把陆慧芳安顿好，很快就回来了，房间里的气氛瞬间进入了高度紧张和戒备的状态。他和武元又开始熬鹰了，你不睡我也不睡，你不吃我也不吃，你不动我也不动，你看着我，我也要看着你。

武元靠在椅子上，下意识地抱紧双臂；俞晓冬坐在椅子上，靠在靠墙的那边，盯着武元研究起来；我躺在病床上，心里不停地打着鼓点子，千万别出事，还有几个小时天就亮了，录音千万不要被夺走。我怕俞晓冬从武元身上发现任何蛛丝马迹，事情一旦败露，俞晓冬随时可能动手。

俞晓冬研究了一会儿，试图打破僵局，他叫武元："我们一块儿去上个厕所吧？"

武元摇摇头："你自己去吧，我要上厕所我自己去，我认识路。"

俞晓冬回来后，武元找把椅子靠在上面，闭上了眼睛。我睡在中间的病床上，右边靠窗的椅子上坐着俞晓冬。夜深了，救护车的警报灯光时不时反射进来，打在武元脸上，他的脸忽明忽暗。我知道他没有睡着，因为一床之隔坐着一个杀人凶手。武元的眼睛时不时睁开又闭上，有时他坐起来看一会儿手机。俞晓冬突然起身，武元的身体突然抖了一下，下意识地挪动着凳子。

他怕俞晓冬，他是真怕俞晓冬。

俞晓冬则比较放松，因为我们刚刚互换了誓言，意味着我不会再去揭发他，他终于可以打个盹了。

我也眯瞪了一会儿，我仿佛看见武元变成了一只信鸽，他飞出医院的窗口，一直朝北飞，最后飞进了警察局。

武元在乌汶府医院只待了一个晚上，第二天早上就离开了。如果可以用爆炸来形容恐惧，那么对武元来说，这个晚上的恐惧相当于恒星坍塌，在强大的引力下，他的灵魂被迫向内坍塌，慢慢被压缩成一个小球，随时可能炸开。

第四章
逃出生天

- 1 -

我把关键的录音证据飞鸽传书出去了，但是并没有人来找我。

在战场上，第一发子弹射出去，对面却没有任何反应，那么大概率是因为子弹没有打到敌人身上。我等啊等，住院后的第五天上午，终于把警察等来了。

两个警察来到我的病房，一个坐在床头，另一个站在床尾。坐在床头的警察体态发福，留着八字胡，他的语气十分官方，非常人道，提的问题也异常简洁，大部分时候我只需要回答“是”或“不是”，也可以点头或摇头。

俞晓冬起初站在床尾，随后慢慢踱到床头，目光紧锁在我唯一能活动的左眼上。在他的监视下，我连眼球都不敢轻易转动。

虽然身体不能动，但直觉告诉我，他们很可能已经拿到了录音证据。一种前所未有的安全感从我心底升起，就连平日里不喜欢男人留的八字胡，此刻都显得英勇神武。似乎他随时都能站起来，像美国电影里的西部牛仔一样，从腰间拔出手枪瞬间制伏俞晓冬。

不同的心境塑造不同的情绪，在与八字胡警察的一问一答中，我尽可能表现得春风细雨，甚至比八字胡警察还要官方。

按照泰国警方的办案流程，他们既然已经拿到录音证据，那么下一步的行动应该是想办法引开俞晓冬，好单独给我做笔录。我努力配合着八字胡警察，同时也用那只不敢乱转的眼睛观察着对方的一举一动，我想从他的每一个动作里读出暗示——比如暗示我支开俞晓冬或暗示我昏迷过去。可直到我把眼睛都看酸了，看得流泪了，也没有收到任何暗示。

我想，泰国警方可能还有别的招数吧。毕竟我不是警察，也不通晓他们所有的办案流程。

这时俞晓冬突然凑过来，俯身帮我擦掉眼泪，这哪里是好心，这分明是一种警告！

奇怪的是，这次即便被他威胁，而且还是当着警察的面威胁，我却一点也不害怕。因为我注意到那个瘦高警察正抱着胳膊站在床尾，饶有兴趣地盯着俞晓冬，像研究犯人似的。

我想，泰国警察的办案方式可能是这样的：八字胡警察负责给我做笔录，吸引俞晓冬的注意力，而高个子警察在一旁观察，用他数码相机般的眼睛记录俞晓冬的一举一动。想到这里，我的情绪随之高涨起来，就像脚下的冲浪板随着巨浪迅速攀升至浪尖。

“这么说，你是自己掉下悬崖的？”八字胡警察问。

我的眼珠转了转，看了一眼八字胡警察，目光又在高个子警察身上流连了好久。但高个子警察似乎忘记了自己的使命，他居然走到窗口，看着窗外摇曳的椰子树走了神。我的眼珠不得不转向俞晓冬，他满脸堆笑，我看见了这副假面背后的无垠黑洞。

他的眼神仿佛一把狙击枪死死锁定了我，看架势要是我说错一句话，他分分钟就能扣动扳机爆了我的头。

我不得不按照俞晓冬的话跟警察说，我是头晕不小心掉下悬崖的。俞晓冬握着我的右手，右手食指在印泥盒子里滚了一圈，红指印又按在笔录本上。这一刻，我依旧认为我成功地完成了我的计划，是的，警察完成了初步的试探。

两个警察走后，俞晓冬长舒了一口气。不知为何，我的心里生出了一种不祥的预感，空空荡荡的，就像小时候开完运动会人群散去的那种空荡，仿佛有个巨大的耳环在耳边晃动。窗外又起了风，走廊传来脚步声——有护士的，有病人的，就是没有警察的。看来，没人留下来监视我们。

我开始怀疑伟大的朋友武元先生了。我并不是怀疑他的能力，只是担心他没能把录音证据送到关键的人手里。当然，还有另外一个可能，他不是在泰国递交的录音，而是安全地飞到国内才向乌汶警方提交证据。泰国不是中国，司法程序的迥异暂且不论，关键的是录音里我们说的都是汉语，甚至还有方言，他们需要翻译，翻译过程中难免产生误读，到最后只能用时间来纠正语言的差异和错误。

而我现在最缺的就是时间，我在和时间赛跑。

看来第一计划已经失败了，我告诉自己，必须寻求第二计划。我的脑子开始飞转，第二计划怎样实施较好呢？首先，我必须找到一个会说泰语的人，然后让他帮我把消息传递出去，但是这个人是谁呢？

- 2 -

在相当长的一段时间里，我陷入了最美的幻境中不能自拔，我幻想有一个人踏着七彩祥云从天而降，把我带出医院。

最终，我的目光锁定在白大褂身上。他是我的主治医生，长得像泰剧里面的男主角，他每天下午两点左右都会迈着优雅的步子走进 ICU 看我一眼。他会问我："哪里疼？哪里不舒服？或者有没有什么异样的感觉？"我知道这是例行检查，像我这种几年不遇的危险病人，是他时刻关注的对象。

他每次进来时，我都在俞晓冬的看护和监视中，我们讲的都是非常官方的话。我告诉他，我疼，疼得受不了，能不能给我再来一点那个镇痛，或者类似的什么。我一天要打四五支粗的止痛药，都是他特批的，他看上去是一个很有原则的人，并不是说我申请止痛药，他便批给我，他需要观察我的情况，推断我的疼痛，以此确定是否特批。

在他面前，撒娇耍赖都是没有用的，他有自己的标准。

我之所以想要接触白大褂，是因为俞晓冬身上出现了一些变化。首先，武元离开泰国，俞晓冬放松了一层警惕；其次，陆慧芳留了下来，一个他信任的人在身边，他又放松了一层警惕；再次，昨天我们互相交换了誓言，他再次放松了警惕；最后，今天上午，八字胡警察找我录笔录，我也没有揭发他。几重安心的加持之下，俞晓冬不再把所有精力放在我身上，他开始翻弄我的手机。我猜他应该是在查找我的财产。有时，他还会给他的狱友和马仔发一些语音，大概意思是让他们火速赶到乌汶。

下午一点多，陆慧芳着急忙慌地闯进ICU。她说她住的酒店隔音不好，想重新换一个酒店。一般的酒店都是下午两点钟退房，为了省点钱，她想在两点前把酒店退掉。俞晓冬害怕陆慧芳因为钱着急上火，毕竟老年人的消费观念跟我们不同。于是他跟我说："我要去帮我妈退酒店，得出去一下，马上就回来。"

俞晓冬前脚刚走，白大褂后脚就进来了。他见ICU只剩我一人，例行公事地问我："感觉怎么样？伤口有没有哪里不舒服？或者有没有什么异样，都可以跟我反馈。"

我内心正进行天人交战。从白大褂进来那刻起，我脑子里就炸开了锅——说还是不说？万一那对母子突然折返拿东西，听见我在告密，我和白大褂都得完蛋。这次说？下次说？还是永远憋着？不同的声音在脑袋里吵得不可开交。

白大褂例行检查结束，起身要走。就在他转身的瞬间，我突然意识到，如果我现在不讲，可能永远都没有机会了。

于是，我一把拉住他的白色长褂。

他转过身，问我："你怎么了？"

我说："我有话要跟你讲。"

他疑惑地看着我。

我抓紧时间说："其实我不是自己掉下悬崖的，这个事情背后是有……有人做的……"

白大褂坐下来，悄声用英语问我："Tell me,who is it?（告诉我，是谁？）"

"我不敢说是谁，但是我现在只能告诉你一个事实，这个事情不是你们知道的那个样子，不是我自己掉下去的，是有人做的。"

我不敢直接说答案，但我可以透露关键信息。

白大褂追问："到底是谁？你说出来，我可以帮你。"

我摇摇头说："我不敢说。"

白大褂问："既然说了，为什么把话说一半呢？"

我没有回答，因为我不知道白大褂是什么性格的人。他是率真的人，还是机智的人？如果他是一个率真的人，当他知道凶手是俞晓冬，他可能直接去质问或者去对质，到时我连被救的机会都没有。

一瞬间，我思绪纷飞，却沉默不语。

白大褂继续问我，问了大概十来次，到底是谁？我还是没有说。白大褂点点头，没有再问。

他说："我知道这件事情了，你好好休息。"然后他就走了。

白大褂走后，我有些后悔，我有些拿不准他的性子。作为我的主治医生，我是该相信他的，因为他把我全身碎掉的骨头重新拼到了一起。而且，入院第二天，俞晓冬要把我强行带出医院时，他带着医生死死把着病床。

他说："你是一条鲜活的生命，我们不允许你去送死。"

面对生命，他是有人道精神的；可面对一个杀人犯，他还能保持外科医生的冷静吗？

-3-

入院第五天下午两点多，白大褂走出 ICU 后，再也没有出现。

等俞晓冬陪着陆慧芳换完酒店，两人都回到 ICU 时，我才发现帕登国家公园的工作人员送来的鲜花已经枯萎了。

以前我并不喜欢枯萎的东西，昙花只有一夜的绽放，秋菊虽美却给我悲凉的观感。现在这束枯萎的花就摆在床头，没有人收拾，也没有人关注。它静悄悄地蔫巴着，花瓣薄得像纸，一碰就碎成粉，飘散在空气中。

我突然想，枯萎不一定是走向死亡，也许是重生的开始。

这一夜特别长，我一分钟都没合眼，就盼着白大褂能来。可他一直没来。后来我让俞晓冬去找他，谎称疼得要打止痛针，结果住院医师说——我主治医生今晚轮休。

我从前并不熟悉后半夜的世界，因为曾经的我拥有教科书般的作息，自律到连加班都很少打破这份规律。可这一夜，却比我经历过的所有黑夜加起来还要漫长。陆慧芳离开后，俞晓冬躺在医院临时加的平板床上用手机刷短视频。困意明显战胜了他——他看着短视频就眯瞪过去了，手机突然落下，砸在他脸上，他又从梦里惊醒。而我眼睛刚闭上，就一激灵醒了，根本无法真正入睡。直到走廊彻底沉寂，我才坠入半梦半醒的混沌。

入院第六天下午四点左右，ICU 的门突然被推开。上次来做笔录的那个八字胡警察站在门口，他朝俞晓冬招了招手，说："你出来一下，我要跟你说点事。"

俞晓冬出门没多久，走廊就传来急促的脚步声。门再次被推开，一男一女走了进来。男人个子不高，精瘦精瘦的，皮肤呈麦色，典型的泰国人长相。他身后跟着一位文静的女士，她一进病房就冲我微微一笑，整个 ICU 都跟着亮堂了几分。

我似乎明白了眼前发生的一切。八字胡警察故意支走俞晓冬，便衣警察趁机进入 ICU。这次泰国警方一共派出三个人：穿制服的八字胡警察、便衣警察，还有一位五六十岁、穿着黄色立领 T 恤的阿姨。

“我叫张秀兰，负责翻译工作。”阿姨用流利的中文说道，“昨天他们听你主治医生说了个大概。坠崖背后另有隐情，不是你自己掉下去的，是有人在谋害你，但是你怎么都不肯告诉主治医生凶手是谁，你可能不信任他。”

果然，白大褂比我想的还要聪明。他没有把这件事随便告诉别人，而是选择直接报警，还一字不差地转述了我的话——“不是自己掉下去的，背后有人做的。”

警方连夜展开行动，他们仔细分析和判断，推断凶手，经过研判，他们把矛头指向了俞晓冬，锁定他就是犯罪嫌疑人。他们又制订了周密的计划——先让八字胡警察引开俞晓冬，再派从来没有露过面的便衣警察和秀兰阿姨找我接头。

为取得我的信任，便衣警察亮出了证件。秀兰阿姨介绍说：“他是泰国皇家警察。”

便衣警察收起证件，秀兰阿姨继续说：“你一定要相信我们，我们才能够帮助你。你现在讲，我们还有足够的时间去找证据。如果不讲，事情已经发生好几天了，很多证据都会消失。你告诉我们，到底是谁在背后做的？”说完，秀兰阿姨用手轻轻握了一下我重伤的手，又柔柔地拍了一下我的手背。她的话语和肢体语言，都在告诉我，他们是完全值得信任的。

我丝毫没有犹豫，回答道：“是俞晓冬，是我的丈夫，亲手把我推下去的。”

便衣警察和秀兰阿姨互相交换了下眼神。在得到我的确证后，他们迅速撤离。

俞晓冬警惕性很高，回来以后就开始怀疑了，他皱着眉冲过来问我：“刚才是不是有人来找你了？他们来干什么？”

我假装什么也不知道，就说：“刚才来的是公园方的人，说过来看看我啊！”

俞晓冬不信，他高声问：“公园的人为什么要来？”

我急中生智答道：“我也不知道啊。前两天不是也来了，还送燕窝什么的。你忘记了？”

俞晓冬冷冷地看着我，问：“他们真的没说什么？”

我继续坚持，说：“没说什么啊。”

接着我开始转移话题，我问：“刚才那个警察叫你出去干什么？”

他放松下来，答道：“说了一些不相干的话。又把之前的问题问了一遍，然后走掉了。”

俞晓冬沉默了一会儿，开始主张让他妈妈回中国去。陆慧芳不愿意，说就要和我们一起待着。她选择待在这里，照顾我是次要的，照顾俞晓冬是主要的。俞晓冬看向我的目光是阴沉的，我猜测他可能想要逃跑，但又纠结要不要把我灭口，所以他想让陆慧芳先回中国，不要在这里妨碍他。

虽然八字胡警察把他支出去没问什么新的问题，但是，俞晓冬不信我说的话，他感觉到了蹊跷。

下午五点多白大褂来到病房例行检查，他在官方的问候之中夹杂了一个动作，这个动作让我安全感爆棚。动作很简单，只是对我浅浅地点点头，但它所包含的意义太多了：他让我放心，他完成了我的重托，他谢谢我对他的信任，还有就是，一切都会好的……

俞晓冬来到床头，面对白大褂，他的目光逼人，他问："暖暖到底什么时候才能出院？"

白大褂回了两个字："快了。"

然而，就在下午六点多，经白大褂特批，护士毫无征兆地把我从狭小的 ICU VIP 调到了外面的普通 ICU。相比之前的单间，这里占地巨大，灯火通明，那种感觉仿佛第一次见到大海。

- 4 -

我在南京的江边长大，而长江之水奔流到海不复返，所以从小我便向往大海。第一次看到大海时，我仿佛打开了一个新世界，浩渺烟波，无边无际，以至于我对海的迷恋超过了一切。我喜欢冲浪，喜欢坐着游轮满世界游荡，为此，我还专门买了一艘游轮，载着游客在美丽的湄南河上畅游。

毫不夸张，躺在普通 ICU 的病床上，我甚至能听见海浪声。

可我还是不太明白，白大褂为何突然决定让我离开 VIP 病房。俞晓冬倒是十分满意地跑前跑后，像极了一个完美的丈夫。我能看清他的内在动力，因为离开 ICU VIP 进入普通 ICU，意味着我离出院已经不远了。

普通 ICU 里面有十多张床位，而 ICU VIP 整个医院只有两间，里面住的是像我这种随时可能死去的重症病人。

ICU VIP 和普通 ICU，也有不同的规定：VIP 病房，因为病人随时可能死亡，家属是可以 24 小时看护的；而普通 ICU，每天只有三个时间段可以探视，即早上的六点半到七点半，中午的十一点半到十二点半，晚上的五点半到六点半。

晚上六点半，护士准时来清场，把家属都往外赶，包括俞晓冬。俞晓冬不愿意，护士还向俞晓冬出示了探视时间卡。俞晓冬还是不愿意执行，坐在我床头表达抗议。他说：“我老婆伤得比较重，跟别人不一样，所以我必须守着她，24 小时跟她待在一起。”

但医院规矩就是铁律，护士根本不听他解释。

眼看护士就要动手撵人，我赶紧开口：“要不你把手机留给我？如果你不在，我会觉得很不安心。万一我有什么事情，我可以第一时间联系你。你有什么事情，也可以第一时间打来。我虽然不能拿手机，但我可以让护士帮我去接。”

俞晓冬只犹豫了几秒就掏出手机——与其说是被我说动，不如说是怕失去对我的掌控。他担心自己走了后，把我一个人留在这里，无法跟我及时沟通，不方便他监控我，不利于他判断形势。

他把手机往床头一搁，还假惺惺叮嘱：“有事马上叫我。”

我当然知道：这哪是关心，这分明是他安了个监视器。要是真联系不上我，他还怎么遥控局面？

很快，在护士的驱逐下，俞晓冬带着不舍的目光离开普通 ICU。

在别人看来，他目光中的不舍是一个丈夫对于患病妻子的担忧，还当是夫妻情深。可在我看来，那分明是猎人对猎物要脱钩的焦躁。

俞晓冬走后，我迅速从病房的布局中看到了某种故意安排的迹象：我的床紧挨护士台，也就是说 24 小时我的旁边都有护士，有任何事情，护士都能第一时间协助我。感知到这一点，我非常安心，而且，手机也回到我身边了，安全感满满。

那一瞬间，我忽然明白了白大褂的真实用意：他把我调到公共病房，相当于有效地利用医院的规定和制度把我跟俞晓冬隔离开了，同时也在给我释放安全的信号。

没有了家属的病房变得很安静，我闭上眼睛准备睡一个安稳觉，结果没过多久就被人摇醒了。六个人出现在我的面前，他们是清一色的便衣，其中包括秀兰阿姨。

原来，警察下午拿到我对俞晓冬的指证后，连夜制订了新的方案。他们联系了医院领导，双方开始协商，目的有两个：为了我的安全，不能把我单独放在 ICU VIP 里面，更不能让俞晓冬跟我单独接触。双方协商的结果是把我调到 ICU VIP 外面的一个公共病房中，安排到护士台旁边。这个方案非常周全，既没有打草惊蛇，又卸下了我的心理负担。

警方六人组由乌汶府警长禅猜带队，其中四个便衣全是刑侦专家，另外一个人是翻译秀兰阿姨。警长很像西部牛仔，一双眼睛露出矍铄的光芒，仿佛黑夜中的两盏车前灯。

六个人进来后，围在我的床边。

我的心情愉悦至极，是的，我安全了，我安全了。每天提心吊胆，随时要被人再次杀死的阴霾，被六道阳光驱散。我拼尽全力要保护我和肚子里的孩子，哪怕再委曲求全，但是那一刻我真的知道，我安全了。据说人在拥有安全感的时候，身体会加速自愈，我惊喜地发现，右手的中指可以动了。

警方跟我说，他们光是得到一个初步的指证没有用，需要有个口供，包括事情的来龙去脉，才能立案。我们现在要跟时间赛跑。虽然这几天经过和俞晓冬的斗智斗勇，我已经身心俱疲，但我还是靠巨大的信念支撑着，像倒豆子一样诉说我的被害经历。警方六个人各司其职，他们有的翻译，有的做笔录，有的拍照。

做笔录是一个复杂的过程，除了描述整个事件的经过，还要说清我和俞晓冬的婚姻状况、家庭情况和财务状况，以及来泰国的情况，中间还掺杂了一些问答。全部对话都需要经过翻译才能沟通，所以笔录的进程异常缓慢，从晚上六点四十左右一直持续到凌晨一点多钟，所有人都进入疲惫状态。警长禅猜觉得我的身体不能这样熬下去，想要让我休息，所以他带人离开了，说第二天过来继续做笔录。

第二天早上六点半，俞晓冬和陆慧芳进来探视我，俞晓冬对我进行短暂的观察后，继续和陆慧芳上演母慈子孝的戏份。看着他俩，我似乎明白了什么，陆慧芳对俞晓冬毫无底线的溺爱把他养成了妈宝男，妈宝男开始赌博、抢劫、杀人……我在其中扮演着什么角色呢？我应该是一个宿主，俞晓冬、陆慧芳和他们一家人则是附在我身上的寄生虫。当宿主不能给寄生虫提供食物和营养，他们势必要反噬，杀死我，夺取我身上所有的营养，然后再去寻找其他宿主，继续寄生。

这次见到俞晓冬，我的心态和之前六天完全不一样，前几天都是担心、恐惧、害怕，但是现在好像找到了靠山。我继续伪装虚弱，但不再说什么求饶的话。

一小时后，俞晓冬和陆慧芳离开，警长他们迅速闪了进来。原来，警长带领的六人组从早上六点钟就开始在医院门口蹲守。他们目睹了俞晓冬和陆慧芳进院探视的过程，又在七点半时看着他们走出医院大门。仅仅一分钟之后，警长他们就迅速进入了医院。

这次的笔录避开中间的探视时间，从早上七点半一直持续到深夜凌晨一点左右，而整个事情的原貌通过两次笔录被完整还原。

从警长口中，我得知了一个爆炸性的秘密。之所以称之为秘密，是因为这件事俞晓冬只跟我讲过，除了我们之间有限的几个朋友，别人都不知道；之所以又称之为爆炸，是因为这个秘密再次颠覆了我对俞晓冬的认知。

之前，一个偶然的契机，我从俞晓冬口中得知，他坐过牢。那时他 18 岁，他妈妈给他买了一辆车，有一天，一个朋友说要借他的车去厂里拖点东西。当时，他也没多想，出于好心，他晚上就开着自己的车陪他朋友走了一趟。至于他朋友去厂里到底拖什么东西，他并不知道。那个行为是抢劫，他也不知道，所以他就被动成了从犯，被判入狱十二年，最终经过减刑，八年后得以释放。

然而，警长告诉我，事实并非如此。他们联系了中国警方，拿到了当年抢劫案的档案资料，俞晓冬并非从犯，而是主犯，换言之，那起抢劫案便是他一手策划，带队完成的。另外，国内的媒体和网民也将俞晓冬的案底挖了出来，甚至有几个网络破案高手看到俞晓冬接受记者采访的视频时就已经断定他是凶手。

我很悲伤，因为我跟一个抢劫犯在同一个屋檐下过了两年，其间还做着各色的美梦，像个傻子一样被蒙在鼓里。

录完所有的口供，警长仿佛看透了我的心事，他指着厚厚一沓的笔录和文件，缓缓说道：“迷则乐境成苦海，如水凝为冰；悟则苦海为乐境，犹冰涣作水。”我点点头，在笔录本上再次按上大红的手印。

离开之前，警长给我吃了一颗定心丸，他说回去马上申请逮捕令。警长嘴唇动了动，又摇摇头，转身离开ICU，他似乎有话要说，最后又把含到嘴里的话咽回了肚子里。

-5-

警长其实想告诉我关于我父母的事，但当时时机未到，不方便透露给我。

原来，在我不知道的情况下，我的父母已经飞到了泰国。

本来我不希望父母为我担心，叮嘱过武元不要把此事告诉我父母，但没想到他还是没忍住。武元离开后乘坐下午的飞机，从乌汶飞到曼谷，又从曼谷飞回南京。到达南京已是凌晨一点多了，武元没有回家，而是从南京机场直奔我父母家，他把一切和盘托出。我的父母听完后，请武元赶紧帮他们买机票，他们要来泰国看我。当天晚上，他们就订了来乌汶的机票，也就是第二天最早班的飞机，从南京飞曼谷，又从曼谷飞乌汶。

那一夜对我父母而言非常漫长，他们没有睡觉，也没有上床，他们一直在客厅坐着，看似平静，可内心却很焦虑。为人父母，当他们得知自己的孩子在国外遇害，那种心疼和难过，让他们夜不能寐。

他们因为担心女儿，熬夜航一路飞了十几个小时，转机到了乌汶。到乌汶后，他们先到警署了解了案件的情况，然后就强烈要求到医院见我，他们要看女儿怎么样了，但被警长拦了下来。警长帮他们安排了酒店休息，他们求人家要来见我。可警长却说，现在他们去医院就可能打草惊蛇。俞晓冬一旦逃回中国，泰国警方无权跨国追捕。

父母问：“那什么时候能见女儿？”

警长说：“我们正在申请逮捕令，把俞晓冬逮捕以后，你们就能见到女儿了，这也是为了你们的安全起见。”

当然，这些都是我后来才知道的。当我得知这一切后，我非常难过，作为一个三十多岁的人，不但没有让父母放心，反而让他们隔着千山万水为我揪心，为我难过，为我担心。他们已经年过半百，在没有见到我的时候该是何种煎熬！

在泰国，逮捕令大概需要一周时间才能申请到，而在一周之内俞晓冬是有逃跑的可能的，他随时一张机票就可以逃出生天。对此，我也无能为力，俞晓冬留在我的身边一天，我和肚子里的孩子便会有一天的风险。小时候，我总希望自己有时间加速的超能力，让自己快点长大，长成一个有能力有出息的人，为父母遮风挡雨。可是，世界上没有超能力，谁都无法加速时间，天黑之后才能天亮，天亮之后才能天黑，这是这个世界的规律。

住院第七天晚上，天黑之后，俞晓冬和陆慧芳离开医院，我躺在 ICU 病床上，世界上所有的声音、颜色、动作、人影、灯光，都被拉长了。

这个世界上还有一个真理，你越是希望时间加快，时间越是比正常时间还要缓慢。我仿佛置身于汪洋大海中，挥臂朝着海岸游去，无论我怎么游，都无法接近海岸线。我被海水呛得透心凉，那是一种濒死的状态。那一夜，我睁眼看着天花板直到天亮。

住院第八天下午两点多，白大褂领着医生护士例行查房。他走到我的面前，低声对我说：“逮捕令已经申请下来了。”那一刻，我仿佛看见海岸线在向我招手，我不停地挥动胳膊，向海岸线游去。

我游得飞快，以光的速度——就像这次在泰国，警察只用一天就拿到了逮捕令，也是光的速度。

我问："申请下来以后呢？"

白大褂说："抓人，但我也不知道警方什么时候抓人。"

尽管我不是警察，但我也明白，警方抓人需要论证，需要严谨的计划，还需要保护我，更需要保护其他人不受伤害，尤其是面对这种危险的罪犯。我知道，我必须比以往任何时候都要沉得住气，我这只猛虎要学会卧荒丘，潜伏爪牙忍受。在白大褂面前，我用右手食指和中指做了V字手势，他应该明白这个手势的含义，它代表着胜利。

我对胜利充满着期待，这场胜利注定带有仪式感。

住院第九天，中午十一点半到十二点半，俞晓冬和陆慧芳照例来探视我，他们维持着模范家属的假象，一个扮慈祥婆婆，一个演体贴丈夫。我闭上眼睛，将他们彻底隔离在我的世界之外，直到我听见一些轻微的脚步声。我睁开眼睛，看见两个穿着便装的男人走了进来，他们手里拎着水果，就像两个探望病人的家属朝我的病床走来。他们走到俞晓冬身后，电光石火间，他们扔掉水果篮子，一个人突然抓住俞晓冬的右手，快步上前用双臂锁住俞晓冬的右臂，向后一压；另外一个人则抓住俞晓冬的左臂，向后一别。眨眼间，两个人已合力制服俞晓冬，把他按倒在地。

俞晓冬还没反应过来，双手已被反剪身后。他本能地挣扎起来并大喊："你们是谁？放开我！"

没人回答他的问题。这时，两个身穿警察制服的人跑了进来，他们手里持着枪，枪口对着俞晓冬。其中一人向俞晓冬亮出一份文件，文件上印着一个巨大的泰国国徽，想必这就是传说中的逮捕令了。手持逮捕令的警察让俞晓冬配合办案，回警局录口供。

俞晓冬脸色煞白，再次激烈地反抗，他喊着："你们弄错了，怎么没有王法了？"可当他发现手枪抵在他头上时，他才缓过神，故作镇静地说："不是已经录过口供了吗？我老婆都说了，是她自己掉下去的，你们抓我干什么？你们误会了。"

陆慧芳被吓傻了，怔了好一会儿才回过神来。她突然发疯似的扑向那两个便衣警察，先是推搡，推不动就捶打。她哭喊着："你们凭什么抓我儿子？你们抓我儿子干什么？放开他！松手！"

母子二人拼命挣扎，但警方不为所动，干脆利落地给俞晓冬戴上手铐，然后押着他往外走。俞晓冬挣扎着不肯走，警察直接架起他的胳膊往外拖。在被拖出去前，俞晓冬突然回过头，狠狠瞪着我。

我的心脏在胸腔里剧烈跳动，手指不受控制地微微发抖。就是这个人，这个我曾经深爱的丈夫，亲手把我推下悬崖；就是这个人，在我侥幸活下来后，还阴魂不散地守在病床前威胁我；就是这个人，让我住院的这九天都不得安宁，过得心惊胆战。

现在，他终于被铐上了手铐。

我死死盯着他，胸口翻涌着滔天的恨意，却又奇异地感到一丝解脱。恨，是因为他差点杀死我，也毁了我的身体和生活；解脱，是因为这场噩梦终于要结束了。我的嘴角不受控制地扬起一个冰冷的弧度——不是微笑，而是一个幸存者对施暴者最后的宣战。

俞晓冬似乎从我的眼神里读懂了什么，突然扭头对陆慧芳喊道："泰国是可以保释的！快帮我去交保释金！"

-6-

陆慧芳听俞晓冬说可以保释，可她又不懂保释是什么意思，只好跟着警察跑。跑到门口，她又折返回来，跑到床边，问我：“保释是什么意思？怎么保？拿什么保？去哪儿交钱？”

陆慧芳问我，怎样救她儿子。我却在问自己，如果我的儿子是一个杀人犯，我会变成陆慧芳吗？不，我不是陆慧芳，我的儿子也不会成为俞晓冬那样的妈宝男，杀妻弃子的恶魔。

我看着陆慧芳，说：“我不知道。”

陆慧芳缓过神，死死瞪着我，她应该猜出她儿子被抓跟我有关系。所以，她转过身开始往外面跑。

后来，警察跟我说，因为陆慧芳强烈要求跟着她儿子，所以就把陆慧芳跟她儿子一起关到押解车带到警局去了。

俞晓冬和陆慧芳离开后，我终于见到了我的父母，是张秀兰阿姨带着他们过来的。我妈哭号着冲进 ICU，我爸腿脚不好，但也跟在她的后面步履蹒跚地跑着。

此刻，我的右腿打着厚厚的石膏，左腿做的是开放性手术，里面都是缝合钉钉起来的；右眼和头上都是外伤，锁骨、手臂桡骨、盆骨、股骨大转子、足弓骨不是碎了就是骨折了，因此他们看到的我是个全身上下绑着绷带的木乃伊。唯一不同的是，我能说话，可面对父母，我却什么都说不出来。我哽咽着，用能动的两根手指摆出了 V 字造型。

母亲走到床前抱住我，尽最大可能展开她的双臂，就像玩老鹰捉小鸡游戏中的鸡妈妈一样，她轻轻拥着，生怕碰到我身上的伤。

她在哭，我在哽咽，父亲站在一旁，默默流着眼泪。

整个下午，ICU 里弥漫着一种悲伤的喜庆。悲伤是因为我被谋杀险些丧命，如今变成一具会说话的“木乃伊”；喜庆是因为我大难不死，我们一家能团聚，更因为俞晓冬被抓。就连每天给我清创的护士，脸上都是挂着笑容的。

这种奇妙的氛围一直持续到晚上。留守在医院的警察告诉我，陆慧芳帮俞晓冬交了十万的保释金。我不免有些担忧起来，陆慧芳初来泰国，她从哪里弄到十万块钱，而且能在第一时间内交了保释金，背后到底发生了什么？

陆慧芳坐上押送俞晓冬的车去了警局，而医院到警局大概有两个半小时的车程，如果我没猜错的话，事情的转变一定发生在两个半小时内的囚车上，俞晓冬一定会跟陆慧芳交代好一切。

可是十万块钱呢，从哪儿来的？当初我和俞晓冬到乌汶旅游前，我给了他五万块钱人民币作为旅游金。我觉得五万块钱出来玩一趟，又不买什么东西，怎么用都够了。买机票、吃饭、住酒店，我们花掉一些，后来，他为了把我转回曼谷，从曼谷雇了一辆救护车花掉一万多，陆慧芳和武元从国内飞过来的机票用的也是这笔钱。算来算去，五万块钱已经所剩无几了。

我突然想起住院后，俞晓冬跟我说，他要拿点现金用。当时我处于保命阶段也没办法，只好乖乖地把我的泰国银行卡给他，并告诉他密码，嘱咐他不要多取，取个五万铢就行了。当时我们没有撕破脸，他跟我要钱交房费和住院费，我只能给他。但他取完钱后，并没有把卡还给我。那么，陆慧芳是不是用我银行卡里的钱去交的保释金呢？

这么一想，我赶紧让我妈帮我翻看手机短信确认，这才发现开泰银行给我发过提示信息：我的银行卡里被取走了五十万泰铢，也就是十万人民币。这也就确认了陆慧芳为俞晓冬交的保释金是从我银行卡上划拉的。看来，俞晓冬应该是在和陆慧芳待在囚车上时，把我的泰国银行卡和密码给了陆慧芳。

泰国法律规定，当事人在一周内交纳保释金有权进行保释，这意味着俞晓冬最迟三天就可以从警局看守所大摇大摆地走出来，活蹦乱跳地出现在我的面前。

病房的氛围开始转变了，我的父母也变得疑神疑鬼，他们甚至去找主治医生白大褂商量秘密转院的事情。说白了，他们想悄悄把我带走，藏进一家隐秘的医院，直到俞晓冬被绳之以法。

当天晚上，我又做了那个梦，我朝海岸线游去，我的父母站在岸上，朝我伸出手，无论他们多么努力，依旧抓不住我的手，我朝手看去，我的手已经变成了两根黝黑又满是黏液的鱼鳍。

第二天早上，风雨大作，电闪雷鸣，窗玻璃被涂满了水雾，窗外朦朦胧胧，一切都是模糊的。留在医院的警察兴奋地朝我跑来，时间仿佛静止了，ICU 里的所有人都目不转睛地看着他。

警察告诉我，他们的警长禅猜以警长的名义签了一个反保释协议，也就是说，在法院宣判之前，俞晓冬只能在拘留所，不能被保释。我的脑海里再次浮现出警长那双如灯一般的眼睛，还有他为了安慰我说过的话：迷则乐境成苦海，如水凝为冰；悟则苦海为乐境，犹冰涣作水。这一刻，我才理解它的真正含义，是的，冰可以化为水，前提是要把苦海当成乐境。我在苦海里游啊游，却一直无法上岸，直到很多双手同时抓住了我：我的主治医生白大褂，所有护士，所有警察，秀兰阿姨，当然还有亲爱的警长禅猜和朋友武元。

秀兰阿姨告诉我，武元递交的录音已经翻译完了，可以作为证据在庭审上使用。录音里，俞晓冬和陆慧芳用江阴话描述了从推我下去到发现我并开着车跟我到医院的完整经过，他故意杀人的动机有三个：第一，我没有帮俞晓冬还全部的赌债；第二，我给俞晓冬买的豪车没有借给他的亲戚使用，让他妈妈丢面子了；第三，我给他缴纳医保的钱，被他挪用去赌博，导致医保卡断缴，陆慧芳无法使用医保卡买东西。陆慧芳听到事情经过后没有责怪他的意思，让我们以后好好过日子。

原来，武元回国后把录音证据翻译后，发送到乌汶旅游局的电子邮箱。乌汶旅游局拿到证据后，第一时间交给警方，警方的反应也非常神速，立即安排当地级别最高的国家翻译员确认内容。

上帝用七天创造世界，我用九天挣脱魔鬼的镣铐。

俞晓冬被抓的第二天，我做了一个梦，一个奇怪的梦，我在自由落体，却没有一点飞的感觉。瞬间的失重感让我感觉身体不再是自己的，仿佛要离我而去。

醒来后，我跟母亲说：“我回到了过去。”

母亲说：“那是梦。”

我说：“那不是梦，那里好像是另外一个世界。”

第五章

平行世界

-1-

我在坠落。

我想吐，可什么都吐不出来。我的身体即将砸向地面时，仿佛被什么东西拽住了。我睁开眼睛，发现脚上缠着橡皮绳子，橡皮绳被拉开，绷紧，阻止我继续下落。橡皮绳子弹起，我又被拉回到空中，整个世界开始旋转，晃来晃去。

我意识到，这不是坠崖，而是在蹦极。

傍晚的泰国清迈，日落景观十分壮丽。朋友们聚在观景台上，看着我被橡皮绳猛地拽回空中——蹦极绳弹起的瞬间，我的尖叫声划破清迈的落日。

在那之前，我曾和朋友们打了个赌：如果我能成功挑战蹦极，就选择留在泰国创业。参加聚会的都是到泰国来创业的中国人，大多成双成对，以家庭为单位出席。只有我形单影只，单枪匹马。

蹦极成功，就像通关了人生某个隐藏副本——我带着这份勇气，在朋友的支持下开启了泰国创业的第一个项目：杧果干跨境生意。通俗点说，就是在本地加工杧果干，然后把它卖到国内。我从当地种植散户手里采购杧果，运到仓库，等待加工厂排期。加工厂会根据订单顺序，安排加工日期。可是，那一阵泰国持续高温，外加我经验不足，等排到我们加工的日子，仓库里的杧果大部分已经腐烂。加工完成后，我只得到了极少的杧果干。第一次创业，我损失掉二十万，几乎赔光了全部创业资金。

我把杧果干按订单包装完毕，一共126份快递，然后一份一份填好面单发出去，用了五个多小时。订单发完，我一屁股坐在仓库的水泥地上，又渴又饿，我无奈地笑着。在曼谷的街头，我用仅剩的钱买了一桶泡面，坐在街边的马路牙子上，一边吃泡面，一边茫然地看着熙来攘往的人群。赔了个底朝天，连饭都要吃不上了，我想起了蹦极时坠落的一瞬。从豪情万丈一下子坠落到一无所有，一个是蹦极，一个是创业，居然在不同时空里给了我相同的感觉。

我想打电话回家，可又不敢，因为出来之前，我跟父母赌气说，要是创业不成功，我就回家找个班上。手机突然响了，是我妈打来的电话："咋样了？不行就回家。女孩子家创什么业，稳稳当当上个班嫁人不好吗？"

我能说什么呢，只能强装镇静，换上爽朗的语气："好着呢，好着呢，我刚发完快递，又累又饿，要去吃饭了。"

聊了几句匆忙撂下电话，我才意识到，我已经把退路掐断了。我坐在马路牙子上，一直坐到日落西山，天色变暗，再到灯火璀璨，行人络绎不绝。湄南河上的夜灯红酒绿，让我想起了南京的秦淮河。

我正在发呆，引来搭讪的泰国小哥。很多时候，他们只是不怀好意地调笑，但也隐藏着一定的危险性。我起身走开，身后洒落一地的是他们的嬉笑，仿佛在嘲笑我的失败和落魄。在异国他乡的街头，我就那样流着泪走在人群中，任由眼泪顺着脸颊流淌，滑入脖颈，浸湿衣裳。眼泪是什么时候不流的，什么时候风干的，我都不知道。

回到租住的公寓，刚进大门，管理员就探出脑袋冲我吆喝："901房客，该交租金了。"到了门口，地上堆满催缴账单，水费单、电费单、燃气费单、信用卡催缴单……我翻了一下，就把它们丢在了一旁，既然现在什么也交不了，那就躺平吧。简单洗漱，我把自己摔在床上，然后开足冷气蒙上被子，没力气思考，就只想睡过去。

我真的睡着了。

到了第二天傍晚，我还在摆烂，没有吃的，也没有钱，肚子饿得咕咕响。不想出去也不想求助别人，我就撑着，看自己到底能撑到什么时候。电话突然响了，是朋友打来的，她和另一位朋友在我家附近吃饭，问我愿不愿意作陪，有个项目要聊，看我感不感兴趣。

"我愿意。"我急忙应道。项目不项目的这会儿并不重要，填饱肚子最重要。

朋友聊的项目非常靠谱，是个成熟的外贸项目，有成熟的渠道。朋友已经控股，我可以选择资金入股也可以选择技术入股。技术入股，我只要肯付出辛苦付出努力，就可以拿到不错的分成，简直就是天上掉馅饼。吃饱喝足，我的脑子开始飞速运转，又不可置信地看着朋友，甚至不敢相信有这么好的事。

"辛苦算什么！只要努力就行了吗？"

"当然。"朋友再三确认。

我悄悄拧了几下自己的大腿，疼，不是在做梦。

在朋友的帮助下，我做起了外贸生意。吃苦是我最不怕的，我不断地见客户讲项目，讲到喉咙沙哑，讲到嗓子疼得不行。我一边吃润喉片，一边还在跟客户沟通，客户显然被我“拼命三姐”的精神镇住了。我开始不停地签订单，累到一天只能睡三四个小时，早上一睁开眼，就出去跑客户。为了提高自己的泰语水平，我报了当地最好的泰语学校，几乎每天晚上都去上课。

我经常去看唐人街上豪华亮堂的公寓，夏至时节，太阳升得早，整个公寓的顶层，亮晃晃的。几个月后，我也成了这里的一分子，住在亮晃晃的公寓里，看着湄南河在脚下奔腾流淌。我开始实现环球旅行的梦想，我去了意大利、挪威、日本、丹麦、菲律宾、马来西亚、瑞典、瑞士、德国、法国。回到曼谷，我去了市中心的四面佛许愿，希望能让我得遇良人，缔结姻缘。三炷香即将燃尽，香灰缓缓落下，我的身体从悬崖上再度坠落……

我尖叫着从 ICU 的床上醒来，看到了父母担忧的脸。

母亲问我：“又做那个梦了？”

我答：“那不是梦，那里好像是另外一个世界。”

据说梦是现实的写照，也是现实的升华，比如人在现实中不能飞，在梦里却能飞。梦中的我可以生出翅膀，逆风飞行，扇动一下便是十万八千里。可刚才的梦是那么逼真，跟我曾经历的生活一模一样，几乎没有任何改动。按照这个版本继续下去，应该就是第一次遇到俞晓冬了。

我给了自己强烈的心理暗示，不允许自己再做任何有关过往的梦。寺庙的师父曾跟我说过："不追过往，不惧将来，活在当下。"可活在当下谈何容易？在乌汶医院的病床上，我尝到了这辈子最刺骨的耻辱。

我这人向来要强，而且很要面子。虽说只是个小老板，但走到哪儿都被人捧着。现在呢？我浑身打满钢钉，动弹不得，连件衣裳都穿不了——护士怕伤口感染，只给盖层薄床单。每天三次清创，男男女女的医护人员走进来，掀开床单就处理伤口，我赤条条地暴露在外。

我是一个传统的中国女性，从小受的传统教育让我在清创的时刻羞愤欲死。每次清创，我都感觉我不再是一个人，而是一头任人宰割的猪，没有一点尊严。

后来，每次清创之前，我会让母亲帮我用毛巾盖上脸，或者戴上墨镜；再后来，我摸准了清创的时间规律，就提前入睡。可睡多了，那些拼命想忘掉的画面，还是钻进梦里来。

-2-

从四面佛归来，我躺在松软的乳胶床垫上，做了一个奇怪的梦：我梦见自己骑着一匹白马，前面有一个男人牵着缰绳，两人一马，在海边散步。我看不清男人的脸，也看不清沙滩上的人，只看到夕阳霞光打在他们身上，红彤彤的一片。梦醒后，我有些兴奋，也有些失落，打开手机，把梦里的一切整理成文字，发到了朋友圈。

朋友看到我的朋友圈，打来电话，说我就是太孤独了，应该多出来聚聚，认识些人。我起床化了淡妆，应朋友邀请，前去聚餐。

参加聚餐的都是中国人，我们围坐在一起，喝鸡尾酒。一个瘦高的男人坐在我对面的位置上，后来他绕过桌子，跟我身边的朋友调换了座位。

他自我介绍说，他叫俞晓冬。

“听说美女生意做得不错，让俞某人取取经啊！”俞晓冬有着明显的南京口音。

“你做哪行的？”我问他。

“我刚来泰国没多久，正在考察有没有合适的项目。美女，加个微信，有机会给推荐推荐。”

“不用了吧，我不给人推荐。”

“给个面儿，美女，都是中国人，扫一下。毕竟多个朋友多条路嘛！”俞晓冬打开了微信加好友的二维码，亮在了我的面前。

周围已经有人看过来，我不想驳人面子，只好勉为其难地扫码加他。

之后俞晓冬没有过多纠缠，和周围聚餐的朋友推杯换盏。这样的聚餐是经常性的，为了拓展生意圈，都是朋友带朋友。令人意外的是，聚餐过后，那个叫俞晓冬的男人居然主动买了单。

几天后，我去上泰文课，到了学校才发现泰文书落在了朋友家。折返回去取肯定来不及，朋友又抽不开身送来。无奈之下，我们只好在朋友圈求助。俞晓冬主动帮忙跑了一趟，他取到书，开车一路疾驰给我送到了学校，时间刚刚好，没有耽误上课。我匆匆道谢，就去教室上课了。我没想到下课的时候，他居然在楼下等我。

“泰国治安不太好，你一个女孩子，我不放心，我送你回家吧。”他站在路灯下，语气温和地说。

原来他一直在等我下课。

夜风微凉，他的身影在灯光里显得格外可靠。那一刻，这份来自异国他乡的守护，让我心头涌起久违的暖意。

他送我到楼下后，什么也没多说，只是礼貌地跟我道别。这让我暗自松了口气——我正盘算着，若他提出“上去坐坐”之类的要求，该如何婉拒。

出乎意料的是，他在这些敏感分寸上把握得极准，既不冒进也不疏离。

第二天下午，又到了去泰文学校的时间。我刚出家门，就看见俞晓冬的车停在楼下。他斜倚在车门上，笑着说：“我刚刚健完身，路过这里。你要去上课吧，我送你！”

我正要拒绝，他已拉开车门，不由分说，把我推上了车。

我上完课，他依然在楼下等我。这次，他递给我一个椰子，上面插好了吸管。

我们一起吃了晚饭，席间他谈起自己的背景，他说，他是江苏江阴人，家境很好，母亲在江阴做模具销售，年入一百多万。他的南京话是跟朋友学的。

“我在国内做生意失败，就和朋友来泰国考察，希望找些项目做。”他这样解释自己来泰国的理由。

从那天起，不论晴雨，他每天都准时来接送我上下学，有时让我给他讲讲在泰国的生意经作为回报。

就这样，我们变得熟络，像是认识了很久的朋友。渐渐地，我对他放下了所有的戒备。

有一天，他在微信上给我写了一篇小作文：

每个男生都会有自己对于理想伴侣的幻想，我来跟你说说我的理想型吧。作为江苏人，我更中意南方女孩小巧的身姿，我希望我未来的伴侣长得很好看，有很好的身材，她有长长的头发，温柔的性格，三观正，有独立的想法，阳光、积极。因为我的文化水平不是很高，我想要另一半有比较高的学历和眼界，能够对以后孩子的教育有正面的影响，懂事、讲话有分寸，有自己的事业。遇到了你就是一见钟情加白头偕老，是命中注定的一种缘分让我们相遇。很多人会因为到了年龄，寻寻觅觅而不得理想中的伴侣，被家人催促，迫于现实的无奈被逼迫进入婚姻，其实他们的婚姻生活并不幸福。

而我向往的婚姻生活必须以爱为基础，只有找到了你自己内心最爱的人，你才能好好地跟他相爱相守一生。这是婚姻的本质，也是爱情的本质，而没有以爱情为基础的婚姻，都是物质婚姻。在我看来，那都是不正确的，我认识了你以后，我不是单单喜欢你、想跟你谈恋爱这么简单，我想要娶你，跟你白头偕老，照顾你一辈子，和你一起分担你的辛酸和苦楚，可以的话，请允许我来为你挡下所有的苦难。我跟你既然开始了，就一定会有结果，我一定要娶你，跟你组成一个幸福美满和谐的家庭，我们一起努力去生活，生一堆属于我们的孩子，把他们教育得很好。男生和我一样每天去打泰拳、健身，成为一个很酷的暖宝；女生就把她当成公主养着，给她最好的爱，让她以后也找到一个像我一样宠爱她的丈夫。

现在，因为有了我，一切都不同了，你不再是一个人，你也不再孤单，所有的孤单和黑夜将因为我的到来而驱散。我们组成家庭以后，所有的苦难都会过去，迎来的都是幸福和美满。我们的事业会蒸蒸日上，我们会一起打拼，为家庭积累更多的财富，会更好地生活，让我们的父母有更好的条件去养老，让我们的子女在未来有更好的条件去学习，去成长，去见识这个世界。在他们成年拥有自己的生活以后，我们也会老去，我们将是白发苍苍的老人，我们携手一生，坐在摇椅上手牵手回忆过去的时候，会感叹当年在曼谷的这场相遇。无论我们定居在哪个国家的角落，也许会回中国，也许还在曼谷，也许我们去到欧洲……无论去哪里，你跟我永远都不会分离。可能孩子已经拥有了自己的家庭，但是我跟你还是密不可分的。我们携手回忆这场邂逅，会发现这是人生路上最美妙的结合，这个结合改变了我们的一生，让我们拥有幸福的婚姻、幸福的家庭、幸福的人生。

人是为了爱而生，因为爱而结合，所以请你相信，我们的相遇并不是一个巧合，这是上天注定的一段缘分，我希望你能够勇敢地接受我的爱，勇敢地和我一起手牵手，跟我一起开启一段新的生活。

不得不说，俞晓冬的小作文击中了我内心最柔软的部位。我动了心，不仅仅是因为我漂泊了太久，而是我本身就非常渴望婚姻。当他描绘这些的时候，我一下就看到了一个美好的未来。但是一切发展得太快了，我不敢贸然答应。于是，我跟俞晓冬回了微信：给我们彼此一点时间，了解一下彼此。

俞晓冬可能误解了我的意思，认为我是在婉拒他，接下来好几天，他没再联系我。我当时的生意在很重要的阶段，非常忙碌，也没有联系他。

没想到，几天后的早上，我听到有人敲门。透过门上的猫眼，我看到俞晓冬站在我家门前，有些疲惫有些憔悴。我打开门，他递过来我喜欢吃的豆浆油条，这家早餐要走好几个街区才能买得到。

他说："我实在太想你了，在楼下的车里坐了整整一夜。早上去给你买了早餐，我实在太想见你一面了。"

他紧紧地抱住我，那种扑面而来的强烈的想念，让我既惊讶又感动，原来，一个人真的可以这么想念另一个人。

他说，他没想到他会那么喜欢我，他会给我时间慢慢了解他。

我跟他聊天的时候提过我非常喜欢看海，没想到他记在了心上。有一天，他邀我去华欣海边，他租了两匹矮脚马，我们骑上去，一前一后在海边漫步，骑了一段距离，他突然加快步伐，策马奔腾，骑到最前端，他绕了一个圈折回来，在我的面前拉住缰绳。马慢慢停下脚步，他郑重地跟我说："骑白马的不一定是唐僧，也可能会是王子。你的白马王子就是我，当我遇见你的时候，我就知道你是我这一生的恋人，所以我想郑重地跟你请求：我们交往吧！"

我做过类似的梦，在梦里我看不清那个牵缰绳男人的脸。可面前的俞晓冬，他的脸孔俊朗，在夕阳的照射下，红彤彤的。我想这应该是奇妙的缘分吧，梦里的男人走出梦，追求梦到他的女人。

我带着幸福的笑容朝俞晓冬点了点头。

看海归来，俞晓冬每天早上都会准时敲门，给我送来各种各样的早餐。有需要花费的地方，他基本上都是跟我抢着买单。我对他越来越认可，我身边的朋友也对他印象很好，都说他是一个非常细心而且又懂得察言观色的人。他也很自律，每天准时去健身；对事业也很积极，在不停地考察泰国的项目。

他表现的这些都是我喜欢的：精神状态积极向上，非常阳光，自律，温文尔雅，经济独立。

然而，有一天，我们吃完早餐，俞晓冬直勾勾地看着我，他向我坦白，他曾有过短暂婚史，是父母的催促和现实的无奈逼迫他结了婚。他的婚姻生活并不幸福，最终他和前妻因感情不和，自愿离婚。他们有一个孩子，抚养权归前妻。

被家人催婚，也是一种痛，我深有体会。看着眼前的俞晓冬，我竟然多了几分心疼。

把我带出梦的，也是疼痛。术后第十一天，我浑身咔咔作响，白大褂说，这是骨头愈合的表现。我不得不求白大褂给我特批止痛药缓解疼痛。熬过黑夜，太阳升起时，朋友来看我，我跟她讲了我的梦。

朋友说，俞晓冬第一次见我之前就打听过我，问我生意做得多大，有多少钱。

我才恍然大悟，原来我早已成为俞晓冬的目标，就像森林中猎人眼里的猎物。那便不难理解为什么有这么多巧合，他是做了功课的。我最近三年的微信朋友圈是开放的，我想过什么说过什么，他完全有可能研究个透。

朋友走后的那天中午，警长禅猜走进ICU。自从俞晓冬被抓，他每天下班后都会开两个半小时的车来看我，无论时间多晚都会来。有时问问我的病情，有时跟我说说俞晓冬的近况，有时什么也不说，只是看看我就离开了。据说，我的案子受到乌汶地区官方的高度重视，因为当地已经好几年没有出现过杀人案件了，旅游局和帕登国家森林公园管理处也多次给我送来慰问品。警长来看我，想必是警方也承受着不小的压力，但转念一想，警长亲自出马，而且每天过来一次，背后可能存在别的原因。多年的破案历练，让警长拥有一双看透万物的眼睛，可他看我时，眼中却多了一些温暖。这次，警长来探望我还有一个目的，他说，乌汶府检察院打算在7月中旬针对俞晓冬向法院提起公诉，到时候需要我出庭指认俞晓冬。

警长还说，公诉前最好找一个有经验的律师，尽可能地搜集证据。

警长约莫四五十岁，和我父母差不多年纪，办案却雷厉风行。他的皮鞋踩在医院大理石地面上，发出“哐、哐、哐”的声响，直到那辆吉普车的引擎声渐远，我才回过神来。

父亲说，警长自带神秘，身上一定有过精彩的过往。

不知为什么，警长一走，我的心又悬了起来。只要一闭上眼睛，我就会继续做梦。有时候我都分不清那到底是梦，还是平行时空。那个世界跟我所在的世界时间流速不同，这边我都已经被推下悬崖了，可平行世界里，我们才刚刚谈恋爱。我有些心疼平行世界里的另一个我，我却只能眼睁睁看着她深陷，连声警告都发不出去，更无法阻止她的任何行动。

探视时间结束，父母离开以后，病房格外寂静。我躺在病床上，又一次被抛进那个无能为力的平行时空。

- 3 -

我们从海边回到曼谷后，俞晓冬从早到晚，只要一有机会，就会抓住时间，跟我求婚。我拒绝了，他就再求，连送我出门的时候，都会跟我说："亲爱的，请你嫁给我，我愿意为你付出一切。"

幸福来得太突然，我的大脑根本来不及思考，整个人都是蒙的。有一天，我一不小心，就随口答应了他。那时距离我们恋爱，才刚刚过去两个月。

那天，我忙完生意回到家，俞晓冬突然把手机举到我面前："看，机票订好了。我们明天回国领证。"

"你开什么玩笑？"我难以置信。

他抓住我的手，说："我是认真的。人生总需要那么一次为爱疯狂，对吧？"

见我不说话，他突然提高嗓门："特价机票，退不了的！如果我们不回去，就浪费掉了。"

我那时候虽然不差钱，但毕竟赚的每一分钱都来之不易。我不喜欢浪费，他的话刚好踩在了我的敏感点上。

见我有些动摇，他趁热打铁："再说，我们已经很久没有回国了，哪怕回国看看家人朋友也好啊。"

鬼使神差地，我点了点头。

回国后，我没有回家，而是带着他住进酒店，又约了一些朋友和老同学吃饭。吃饭时，我们聊起了非典时期的事情。当时别的学校都放假了，就我们学校不放假，我们只能每天挤公交去上学。还说起上学时一起追《流星花园》的趣事。俞晓冬平时很健谈，但那天却一直在低着头吃饭，好像毫不知晓，我感到很奇怪。难道那段时间他过上了与世隔绝的生活？

聚餐结束后，我问他：“哥，你那段时间是不是当兵去了？”

他说：“跟当兵差不多。”

这勾起了我的好奇心，我追问：“那是在海上，你去当海员了？”

他说：“不是，你就不要再猜了。”

我一直想，也没有想明白。刹那间，一个念头从我脑海里划过，我开玩笑地问他：“你总不会是坐牢去了吧？”

俞晓冬平静地点点头承认了。他告诉我，他 18 岁那年，家里给他买了一辆车，朋友们经常跟他借车，出于朋友间的义气，通常他都答应。有一次，朋友声称要借他的车去厂里拉点东西，至于具体拉什么，他毫不知情。他晚上就开着车帮朋友拉了东西。然而，事后他才惊愕地发现，朋友竟是用他的车参与了抢劫。警方破案后，他也因此受到牵连，被判处十二年有期徒刑，后因减刑，实际服刑八年。

他诉说着过往，语气真挚，仿佛自己是一个被朋友陷害的无辜者。那诚恳的表情，让人难以怀疑他话语的真实性。他说完这段往事，还对自己的行为进行了深刻的总结。他说，自己因错信朋友导致犯罪，让他的人生有了一个污点。原本被判十二年，实际服刑八年，那八年的美好时光都在监狱中度过，他对此深感懊悔。因此，他决心要让自己的未来走向更好的方向，会珍惜家人，珍惜朋友，远离犯罪。

他的这一番话，说得诚恳且真挚，反而让我觉得他是一个三观端正、懂得反思和思考的人。那时的我天真地相信，正如他所说，那只是一次年少无知，被人拖下水的意外。

之后，他还跟我说，他之所以没有主动告诉我，是因为他害怕我知道后，不跟他结婚，他实在太爱我了，不愿意失去我。

听完他的讲述，我觉得他好可怜，给了他一个大大的拥抱。然后，我提出想要去见见他的父母。

他说："不是我不带你去见我爸妈，我跟你讲一下我们家的家庭情况。我妈是一个忠诚的佛教信徒，现在在尼泊尔的寺庙里面修行，就是闭关的状态，每年我妈都会闭关八个月祈福。她目前正在闭关，距离她出来，还得四五个月。"

我表示理解，既然见不了他妈妈，我就提出见他爸爸。

他说："我跟我爸一直有矛盾，生性不合。在我来泰国之前，我跟我爸狠狠地吵了一架，现在属于冷战状态，谁也不理谁。我是不可能低头去认错的，他也不可能低头找我，反正目前就是冷战。过几个月再看情况吧，如果他还不找我，到时候我妈也出来了，我让我妈去帮我说个情，然后我们再见面。"

他没有让我见到他的父母，我感到有些失望，却也觉得合情合理。我也不敢带他回家见我的父母，因为我知道我父母是不会同意的。他没有稳定的事业，仅凭这一条，我父母就会把他拒之门外。不过，我还是提出让他去见我的父母，但他拒绝了。于是，我就一个人回了家。

回家之后，我冷静地想了想，因为我真的很重视这段感情，所以我还是要想办法让父母认可我们。我把我的想法打电话跟俞晓冬说了，希望把他带回家跟我的父母摊牌，大家一起吃个饭。但是我的想法却遭到他的严厉拒绝。他让我千万不要跟家里人说，我问他："为什么？"

他说："我现在生意失败，也没有一个稳定工作，手里又没有太多的钱。你的父母一定会认为我是一个不靠谱的人，不会把女儿放心地交给我。如果你的父母强烈阻拦，那我就会失去你。我真的很害怕失去你，我真的很爱很爱你。"

我心软了，叹口气说："可是瞒着父母终究不是个办法啊！"

他说："事业起起伏伏是很正常的，所谓的事业和工作的不顺都是暂时的，我只是暂时在低谷而已，而我们两个人相爱是真实的。如果在我事业低谷时见了家长，我们两个的爱情被阻拦了，这是一件很遗憾的事情，因为人生能够遇到自己真爱的机会是少之又少的。但是事业起来也是很快的，也就一两年的时间，那个时候我们的爱情也更稳固。等到那时候再去见你的父母，一定会得到长辈的祝福。"

他的说辞听上去好像也合乎情理，我竟不知道该如何劝说。

我自认为我不是一个愚蠢的人，可是当时的我，总是被他的诡辩打败。

晚饭前，他给我打电话，说他在我家楼下。我下了楼，他一把将我拉进灯光照不到的角落。

他让我把户口本偷出来领证去。我死活不同意。我说，我很害怕，这种行为简直大逆不道。他看我反抗得有些激烈，没有逼我。

他把我带到市区去吃小海鲜，还吃了龙虾。吃饭时，我们一直在聊天，他看我情绪平稳下来，于是见缝插针地又开始游说我。

他说："你看今天是周五，明天是周六。一般行政机关周末是不办公的，你先把户口本拿出来，明天我们一起去民政局。如果他们明天不办公，那以后领证的时间就你说了算。如果明天他们办公，那么就注定我们俩做夫妻，人生总是要疯狂一次嘛，你就为了我疯狂一次嘛。”

人在气氛很好的时候最容易放松警惕，我也不例外。俞晓冬这次抛出领证的话题，把这个严肃的事情，说得好像是在玩游戏。我被他蛊惑了，因为我觉得他讲的有道理，行政机关周末都是双休的，肯定领不成。既然说只是去玩一下，那就疯狂一次又何妨。

我迷迷糊糊，着了魔一样被他说动了。趁着父母在厨房忙活，我悄悄溜进了父母的卧室拿出了户口本。周六一大早，我和俞晓冬牵着手，来到民政局。我做梦也没有想到，大周末民政局居然开门了。这下真是骑虎难下了。

红色的幕布前，我们拍了结婚登记照，照片上我笑得像个傻姑娘。拿到了大红的结婚证，我们手牵手，大摇大摆地走在大街上。我们又叫来了朋友们，狂欢了一个晚上，庆祝我们领证了。原来，我也是可以疯狂的。朋友们见我事业有成，又跟俞晓冬这样的潜力股结了婚，向我投来羡慕的目光。对于这种目光，我还是很受用的，内心的虚荣感仿佛一个大红的灯笼，高高挂在灯红酒绿的夜色里。

几天后，我们回到了泰国。领证后的生活每天都很甜蜜，我们被身边的朋友称为高糖夫妻，平时走路都是两人拐着走的，时不时会亲一下，要多腻歪有多腻歪。俞晓冬几乎成了我的贴身管家，为了方便我谈业务，他给我开车，一日三餐也会为我准备好，生活上几乎不用我操心，我只要专心搞生意就行了。

我的生意做得越发风生水起。我有一个贸易公司，一个民宿酒店，一整栋楼的民宿生意红火，新开的一家中餐馆生意也不错，还在美丽的湄南河上拥有一艘游轮。我一个人要管很多东西，每天忙得连妆都不化，有时候早上出门皮筋没有拿，头发要散一整天，因为我根本没空找皮筋。

我的事业如日中天，俞晓冬的项目考察却一无所获。

婚后第一个月，他对我说："要不是和你领证了，我都不知道还能不能在泰国生活了，真是多亏了你！我资金上有点周转不开，能不能从你那儿先借五千块钱，三天后就还你。"

在我的世界里，做生意，资金周转不开是一件很正常的事情，我随手就转给了他。三天后他还我了。

婚后第二个月，他又开口问我借一万块钱。有借有还，也很正常。婚后第三个月，他再次向我借两万块钱，我同样没有多想就转钱给了他。但是这一次，他没有还钱。

几天后，我问他："你为什么还不还钱？"

他说："我没钱还给你。"

我又问："你怎么会没有钱还给我呢？"

他就跟我说实话了，他说这个钱不是拿来周转的，包括前两个月的钱也不是拿来周转的，是拿来还信用卡债务的。只不过前两个月还进去以后又套出来了，但第三个月他在银行失信了，所以他还进去以后，就没有再借出来的资格了。

我很惊讶，也很生气，质问他："你之前为什么不跟我说实话？"

他说："我不敢告诉你，怕你生气。你这么忙，身体又不是很好，工作压力又大，万一要是把你气到了怎么办？我承诺会把这个钱，作为我对你的一个欠款，会努力工作还给你的。"

虽然他骗了我，但我觉得他的态度是好的，并且给出了解决方案，就想着不追究了。

然而，紧接着，他却跟我说：“你多借给我一点钱，因为我一直欠着钱，别人一直打电话催债，我哪有心思去上班挣钱？反正我是你老公，我也不跑，我以后挣的钱都是你的，我会慢慢还给你。一辈子那么长，几十年时光，你觉得我还不清这点钱吗？”

我当时没计较，可是后来欠款从五万到十万再到二十万，慢慢地一直叠加到五十万、一百万。我算是看明白了，我被他套路了，但是做生意多年，我习惯发现问题，找到解决问题的办法。

我决定改变方法，我就跟他说：“外面欠的那些钱，你一定要还给别人，不可以不还，这样，我帮你还五十万，另外五十万你自己工作挣钱还。但是你不可以再去欠，而且你不可以一直游手好闲，你要去工作，我会提供资源给你，我会帮助你挣钱。”我不断地跟他说赚钱的办法，每次找他谈心，他就会表示发愤图强，看到他没有抗拒，反而是表决心，我觉得还有救。

于是，我把中餐馆交给他打理，说好每个月给他两万块钱作为管理费。但是，他每天到中餐馆后，就像个闲人一样坐在那里打游戏。反正中餐馆的生意很好，我忙得无暇顾及他。

有一天，餐馆特别忙，我帮忙端菜时不小心踩空，从楼梯上摔了下来。当时俞晓冬正在打游戏，听到动静后，只是抬头瞥了我一眼，接着就低头继续玩游戏。

那一刻，我既震惊又心寒——婚前信誓旦旦的承诺，什么“只要你嫁给我，我一定会让你幸福”，现在看来全是空话。他根本不在乎我！

最后还是店员扶我起来，陪我去医院处理伤口。回家后，我实在气不过，找他理论。他解释说，他以为我没什么事，加上游戏正打到激烈处，抽不开身。尽管满腹委屈，可面对我的指责，他并没有反驳，反而认错道歉，保证以后绝不会再犯，一定会好好照顾我。最终，我还是选择了原谅。

结婚第二年，我终于走进俞晓冬在江阴的家。他们家很穷，他爸爸这一辈子都不上班，没钱就跟他妈妈陆慧芳要。他和陆慧芳都看不起他爸爸，就觉得他爸爸是吃软饭的。原生家庭潜移默化地对他产生了影响，慢慢地，他觉得男的不上班跟女的要钱也挺正常的。他有时候会说："你看我爸我妈一辈子也没有离婚，我妈养我爸养了一辈子，我妈也没说什么，这个才是爱。你如果爱我，你就应该学我妈，如果你不给我钱，你就是不爱我。"

因为我和俞晓冬在曼谷和南京两边跑，俞晓冬家又在江苏无锡的江阴，跟我们不在一个城市，所以和他的家人接触不多，也就见过寥寥几面，见面时一起吃个饭。陆慧芳也经常找我借钱，她每次借得很少，几千几千地借，很有分寸感。

《中餐厅》热播时带火了泰国象岛。有一次，我和俞晓冬去那里度假。他租了一个近两米的充气浮板，拉着我在海里玩儿，走到深海区时提议要教我游泳。

我不会游泳，本能地抓紧浮板拒绝。但他一再劝说，保证会保护我的安全。于是，我松开浮板尝试划水，却被海水呛得呼吸困难，我惊慌呼救，不停喊他。可他毫无反应，甚至夹着浮板朝岸边游去。

我一边挣扎一边更大声地喊他，可每一次挣扎都让身体更往下沉。

我感觉过了好久好久，久到我再也没有一点力气扑腾，绝望和恐惧如海水般将我淹没。

就在这紧要关头，他终于回头，一把拉住我，推来浮板。

上岸后，我浑身发抖，愤怒质问："你为什么无视我的呼救？"

他解释说，他在看鱼，没听见。可两米的距离，怎么会听不见？他连连道歉，承诺以后以我的安全为先。

由于他当时态度诚恳，这件事就这么过去了。不过，之后我再出海必穿救生衣，哪怕只是浅滩玩水。那次深海中的无助，成了挥之不去的阴影。

梦里的平行世界让人感觉很真实，那也确实是我的人生经历。

此刻，当我躺在乌汶医院的病床上又仔细回忆象岛游泳事件，想必俞晓冬那时已经动了杀心。或许是他没有完全准备好，或许是看我一直求救起了恻隐之心，答案只有他自己知道。

只是我没想到的是——我躲过了海，却躲不过山。

那些我经历的过往既真切，又像梦一样缥缈。每次梦醒，回到现实，发现遍体鳞伤的自己躺在病床上，而梦境中的我还有生意在忙，还有一段婚姻，我都会有种魔幻感。有时候，我都快分不清到底哪个世界才是真实的——是病床上躺着的我，还是梦里那个看似拥有一切却不知危险临近的我？也许，两个都是真的，只是命运突然拐了个弯，把我甩到了另一条轨道上。

不知道这样反复入梦，陷入平行时空，是不是遭受重创后大脑的一种保护机制。在我躺在病床上生不如死的日子，它不仅带我重走了一遍人生，还在梦里让我渐渐看清：那些看似缘分天注定的巧合，不过是处心积虑的算计。

住院第十三天，陆慧芳带着俞晓冬的两个狱友到医院找我。陆慧芳站在床头，手里捏着份文件，神色异常凶恶。她身后站着俞晓冬的两个马仔，像两个门神，对我横眉冷目。她拿的文件是一份谅解书，陆慧芳希望我原谅俞晓冬，进行私下和解。我没有说话，只是远远瞄了一眼文件，就闭上了眼睛。我能听出陆慧芳的话语中带着一丝威胁，她所倚仗的两个马仔又在适当的时间点上慢慢靠近我。

我没有丝毫畏惧，因为我知道警长已经安排好了一切。警长带着两名警察走了进来，陆慧芳一下就变了脸，像个要无赖的大妈一样坐在地上号起来，她边号边说："就算把你推下去了，你也没死，你养养伤就好了。你帮我儿子圆个谎，给他一个机会又怎么了？一家人互相包庇，是应该的。结果，你却对警察说出了真相。"

她的号声传遍了整个 ICU，把白大褂和护士都惊动了。

"既然你没死，为什么还要报警抓我儿子？！"

"我儿子从前都好乖的，是他身上的恶魔佛头文身，让他失去了理智。他做的一切都不是他的意愿，所以罪过不应该在我儿子，而是在文身。"

我始终闭着眼睛。听声辨识，陆慧芳和两个马仔被警察轰出了医院。陆慧芳不是走出去的，而是被两个警察抬出去的。

我母亲担心陆慧芳和两个马仔杀回来，向警长求助。警长找院方协调，将陆慧芳和两个马仔拉进了探视黑名单。

俞晓冬手下有很多小弟，在平行世界里也大抵如此，这些人大部分是他的狱友。

-4-

俞晓冬坐过牢，所以他跟这个社会隔着一层厚厚的壁垒。为了打破这层壁垒，我试着介绍一些正能量的朋友给他认识，可接触一段时间后，他就觉得与人家格格不入。他想去喝酒唱歌，而那些人总是拉着他没完没了地喝茶聊生意。

俞晓冬喜欢跟他的狱友们一起玩，他们一起扛过枪，一起同过窗。当初他被判了十二年，在江苏常州的监狱里服刑，实际上他坐牢八年，减了四年刑期。八年中，他在里面遇到了形形色色的人，一拨又一拨，天南海北的什么犯人都有，有抢劫的、盗窃的、诈骗的。有的进来关两三年拍拍屁股就出去了；有的则是跟他在一个屋檐下生活了八年，成了他眼中的“兄弟”，他们互相留了联系方式，大家约好了，出来以后再聚首，大块吃肉大碗喝酒。

出狱后，他们真的还在一起玩。他们有牢狱史，又没有改过自新的能力，所以大部分人混得不好，既没有钱，也没有人脉，只能活在社会的底层。他们依旧想靠着那种违法的勾当搞钱，但他们没有什么正经的谋生技能，就围在俞晓冬身边，像吸血的蚂蟥一样吸到他身上，每天拍他的马屁：“俞总，厉害厉害。俞总现在是成功的企业家，家庭生活美满。你看，你在里面那么多年，人家在外面奋斗了八年、十年，人家的高度根本比不上你呢！你看人家开了普普通通的车，你出门都是跑车、豪车。”

这些车都是我买的，我一共买了五辆车，一方面是因为他想要，另一方面是因为我们企业要用车接待一些贵宾。

俞晓冬十分享受那种当大哥的感觉。他喜欢看港片《古惑仔》，非常崇拜当那种大哥，无论走到哪儿，身后跟着一群小弟。他每天带着他的小弟出去吃喝玩乐，开销很大，去饭店吃大餐，上万元就撒出去了。吃完饭后，一帮人再去 KTV ，唱唱歌点点小妹，一两万元又没有了。

这种花销从经济上我可以接受，但这种社交我不赞同。每次等他玩累了，我就会主动找他谈："你傻啊，他们对你都不是真心的，也没把你当朋友，就是把你当钱包呢。跟着你就是为了吃香的喝辣的，而他们只不过需要拍拍你的马屁。你说买包烟，他们麻溜地就去买了，你就觉得自己特别有面子。其实，你就是被他们玩了，你觉得他们跟在你后面很愚蠢很可怜，其实他们才是聪明人，他们得到了实惠，而我们实实在在付出了金钱。我们的金钱是哪里来的？是我们通过一单一单的客户签来的，一票一票的货赚出来的。我们才可怜。"

我经常跟他讲这些道理，但没有用。我通过他的眼神反馈、微表情发现，他其实听得懂，也听进去了。可一旦他又回到那种被小弟前呼后拥的环境里，他的瘾就被勾起来了，仿佛着了魔一样，根本控制不住自己。

后来玩着玩着，性质就变了，他的小弟联合起来开始做局，引诱他去赌博。他们不仅去澳门赌，还天天在后面撺弄他，这个说什么地方开了一个地下赌场，那个说最近发现一个豪华的赌场，里面还有老虎机，跟澳门的赌场一模一样。

无论是澳门的赌场，还是泰国的地下赌场，都会给人带来至尊的享受。我听人说，有的赌场就像保密单位一样，事先不会告诉你地址，他们豪车接送，用最高的礼仪接待你。有日式服务、泰式服务，还有欧式服务，只有你想不到的，没有他们做不到的，他们的目的就是把你的虚荣心满足到极致。进了赌场，雪茄、红酒通通满足，因为这些东西相较你输的钱，简直是九牛一毛。赌场把极致的感觉给到你，而且还会有美女作陪，只要在赌场里达到一定级别，你想要什么，他们便给你什么。

人很难去对抗这种欲望，特别是像俞晓冬本身就带有这种基因，他沉沦了一次，稍微清醒一下，又沉沦，再沉沦，反反复复，仿佛轮回一样。其实他也很痛苦，清醒的时候他在家里面跟我谈，他会痛哭流涕。

他说："我一个晚上输几十万，我也心疼那个钱啊，几十万干什么不好啊，买什么东西不好啊。但是你在那种环境下，你就觉得你都到了这儿了，你都享受了这种服务了，那你不赌根本说不过去的，那就赌吧，玩两把吧。玩两把以后觉得，哎呀，我这两把赢了嘛，那我再多推两把吧，结果输了就想一定要赚回来，推回来我再回家，不然老婆又要骂我，可是又输了，刚才输十万，现在变二十万了。不行，我再要推，然后就跟赌场里借钱，结果一下子输到不可收场。"

俞晓冬每次灰头土脸地跑出赌场，内心都是恐惧和压抑的，因为他知道我若知情，肯定会爆发，肯定会愤怒。其实，我们的婚后生活还是挺和谐的，不会为了去哪儿玩而意见不合，更不会因为今天去看你爸或者去看我妈意见不统一，换言之，我们不会为日常琐事吵架，因为我性格比较随和。随和归随和，平静的湖面有时也会产生涟漪，我们之间的涟漪——因为赌博吵架。

我也能够看到他的挣扎，因为他无数次蔫头耷脑地从赌场回家后，他会有悔恨：要是不去就好了，就不用惹出这一屁股债。他惹了债，对方就要那些“道上的”和民间追债的人上门追债，你不还钱就睡你家，还用送花圈、喷油漆这些招数催债。

俞晓冬父母家经常被人喷漆送花圈，他心里跟明镜似的，他不能把火烧到我这边来。他知道我是体面人，而且做生意的最忌讳被人送花圈，所以他还要想办法去拖延和糊弄追债人，找各种各样的理由和借口。他有时候从别的地方挪一点，或者去借高利贷，拆东墙补西墙，先给他们做投诚。投诚的意思是本金先不还，先还一些利息，“还一点”代表我是有偿还能力的，告诉那些追债人，不要动我，不要做出一些实质性的举动。

就在这样的压力下，他像一根被不断压紧的弹簧，积蓄着危险的能量。谁也没想到，这根弹簧会在最平常的日子里突然崩断。

那天已是秋末，天气透着寒意。早上九点半，他对我说：“我下午要出去拜访个客户。”临走前，还亲了亲我的脸颊。

可我怎么也没想到，这一走，他竟彻底失联了。

起初，我还担心他是不是在外面遭遇了什么意外。直到公司会计急匆匆地找来：“王姐，今天是你给供应商打款了吗？账上突然少了五百万，你核对一下。”

“怎么可能？我没有操作过！”我心头一紧。

打电话向银行查询后，真相如晴天霹雳——这笔钱竟是被我丈夫俞晓冬转走的！他带着我和他的身份证、结婚证，凭借掌握的密码，先是取消了银行的短信提示功能，随后开出一张五百万元的大额支票，将钱款一次性转走。

那一刻，我眼前发黑，胸口像被重锤击中。背叛、欺骗、羞辱……

种种情绪绞在一起，几乎让我窒息。

待情绪稍缓，一个可怕的念头突然闪现。我踉跄着打开家中存放现金的抽屉——里面空空如也，他竟然连家里仅有的四万块现金也席卷一空！

我瘫坐在地上，心想完蛋了，一切都要毁灭了，不但情感遭遇背叛，我还要面对公司如何运转，而可怜我此时账户上只剩下 7200 元！我感觉天旋地转，泪水止不住地掉。

在崩溃痛哭后，我用颤抖的手拨通了报警电话。

之后的日子我都不知道怎么熬过来的，根本没胃口吃饭，每一口食物都像堵在喉咙里难以下咽。短短七天，我的体重就掉了十多斤，整个人瘦得脱了形。

终于，俞晓冬在失联七天七夜后，被警方带了回来。

我红着眼睛问他："你到底去哪儿了？"

他低着头，声音沙哑："我以前因为抢劫盗窃，坐过八年牢……最好的青春全耗在监狱里了。出来以后，我不想再辛辛苦苦打工，一天天熬日子，我想要尽情享受生活……所以，脑子一热，就拿了这笔钱，以为能靠它翻身，过上好日子……"

可这五百多万，来得快，去得更快。短短一周，他挥霍一空——赌桌上输得精光。被警察带回来时，他又变回了那个身无分文的男人。

在我度日如年的煎熬中，他却在外面奢靡豪赌，一掷千金。

直到意识到自己的行为已构成犯罪，他才彻底崩溃。他跪在地上，抱着我的腿痛哭流涕，求我去公安局撤案，发誓这辈子再也不赌，要和我好好过日子。

我向来吃软不吃硬。若他强硬狡辩，我绝不会心软。可看着他这副模样，我的心又揪了起来。我们抱头痛哭，爱与恨在胸腔里撕扯。

我是个极重感情的人。那时的我，仍坚信婚姻是两个人相互扶持——无论谁跌倒，另一方都该伸手搀扶，相携走完这一生。

最终，我决定再给他一次机会。

当然，这次机会是有前提条件的。首先，我是不会再帮他还一分钱了。我改掉了所有的私人账户和公司账户的密码，确保他没有办法从我这里拿钱，连接触账户的机会都停掉了。其次，我要看他的表现，看他是不是真的悔改，如果他改，婚姻还可以继续下去；如果他还是冥顽不灵，我做好了结束一切的准备。

经此一事，我的父母也被惊动了。之前，他们一直以为我和俞晓冬在谈恋爱，哪承想我偷走户口本跟俞晓冬登记结了婚。就像家里的屋顶被人捅漏了，外面下大雨，家里下小雨，不安的气氛在家里如雾霾一样弥漫。

母亲苦口婆心劝说，跟俞晓冬这样的人在一起是不会幸福的，要求我赶快去离婚。

平行世界里发生的一切和我曾经的过往一模一样。我一直在给俞晓冬机会，一直说服自己给他最后一次机会，而正是我的妥协把自己一步一步推向深渊，最后差点丢掉性命。

与此同时，朋友给我介绍的律师从曼谷快马加鞭赶到了乌汶府，他看上去文质彬彬，逻辑清晰，能够迅速抓住问题的核心。我向他咨询离婚一事，他说离婚属于民事案件，而俞晓冬杀人属于刑事范畴，按照规定，要先刑事后民事。我只好暂时放弃了离婚的念头，一次性付给他全部酬金，让他开始搜集证据为公诉做准备。

当天夜里，我再一次从梦里进入了平行世界。

-5-

在俞晓冬私自挪用五百万事件后，我的眼睛变成了巨大的放大镜，观察着俞晓冬的一举一动，看着他逐步暴露出自己的本性。

婚后不久，他就开始对我进行 PUA（情感操控），而 PUA 的方法又分很多种，他首先采用的是正向 PUA。他风风火火开车出去考察，又十万火急地跑回来，以项目投资为理由找我要钱。他只要见我对项目有兴趣，就会像个成功学导师一样给我洗脑，最后讲到他个人："我也不想天天在家里做软饭男，我想跟你共同进步，成为真正的俞总。这个项目，特别靠谱，你可以投一些！"

他知道我在做生意上很谨慎，就算有投资意向，也会去仔细考察。于是，他联合他的朋友，又是串供词，又是找假的场地，还包装出精美的项目书给我看。尽管他们费尽心思作假，也根本骗不到我。

眼见正向 PUA 失败，他又掉转方向，玩起了反向 PUA。他跟我说："你不爱我，你不给我钱，你挣那么多钱，你都不给我花，就是代表你不爱我，你就抠搜的，你拿着钱你要干吗？你准备再爱上别人改嫁吗？你对我最大的付出就是给我钱，因为钱最容易衡量一个人的心。特别像你这种生意人，生意人最看重钱了。如果说你能把你最看重的东西给我，那就代表你是真心实意地爱我，所以你不要拿别的，说什么跟我一生一世，白头到老，两个人一起跳广场舞，给我生孩子之类的。一切都不比钱，能代表真心！"

我被说动了。于是，俞晓冬说他看上一辆敞篷车。我说："走，咱去买。"我清楚，买了以后，无论写谁的名字，都是夫妻共同财产。之前给他买的新车，刚开一个星期，结果债主找上来，他连夜就把新车按照半价给人家抵掉了。所以为了防止他头脑发热，后来买的车全部写在我名下。车，他可以随便开，但不能变现，他很痛苦，尤其是他需要钱的时候，手上开着豪车，却变不出一个子儿，他就开始恨我了。

正向反向的 PUA 都不成功，于是他开始玩纵向，纵向就是玩真诚局和坦白局。他会选择烛光晚餐或是海边散步这些浪漫的时刻，他说："老婆，下面我跟你说的事，你先不要激动，好吧？"

然后，他开始认真地坦白他最近到底做了什么，他被谁带进赌场，输了多少钱。他现在也没有办法，走投无路了。如果不还的话，利息递增，数额就会很庞大。并说对方很厉害，可能会伤害我们。说完，他就开始涕泪交流，自我悔恨，开始谈对赌博这件事情的深刻认知。

他说，他娶到了一个完美的女人，人长得漂亮，做生意也是一把好手，但是，他却过得不快乐。因为我明明有能力帮他，却让他置于被追债的处境。他过得好累，他想过的是精神不受束缚的生活。他想赌，他就去赌，他今天输五十万，是从存款里面出去的五十万，而不是跟别人借的五十万，或者是欠的五十万，这样就没有那么多人天天追债烦他。他戒不了赌瘾，又无法承担欠债的精神压力，所以他最后选择铤而走险。

梦醒了，我躺在病床上一动不动。通过平行世界重新回顾从前，总想要知道命运的齿轮究竟是从什么时候出现了偏差。但醒来，面对自己业已破碎的身体和心灵，仍然摸不清命运的脉络。

◆◇ 第六章 法庭较量

-1-

在我住院第十天，乌汶医院方面准备让我出院。这家医院是整个边境地区最抢手的医疗机构，邻国老挝和缅甸的重症患者全都跨境送来急救，病床始终很紧张。医院大厅和走廊里，挤满了打地铺的病患家属和等待救治的病人——有人为了省住旅馆的钱，干脆睡在地上；有人连住院费也交不起，只能躺在走廊里，至少还能盼到一线生机。此起彼伏的哀号声在走廊里回荡，这般凄惨景象，我生平还是第一次见到。

住院以来，我曾四次昏迷，最长的一次持续了整整半天。第一次昏迷是在第一次手术后，我在黑暗中沉沉睡去，对外界的一切毫无知觉。主治医生后来告诉我，在我昏迷的四小时里，他一直守在我的床边。因为像我这样的大型手术，即使手术成功，也可能会有术后死亡的危险。

第二天下午，也就是住院第十一天，我又开始昏迷，院方同意让我多住几天。

住院第十六天，院方派人跟我们沟通，表示病床真的不够用，让我出院。我和父母觉得这里是最安全的，都不愿出院。院方却说，真的不行了，外面太多人等着救助，而且破例让我多住的六天还是警长帮忙找院长说的人情。

出院前，警长来病房探望。父母跟他说了我最近频繁昏迷的情况，担心我出院后若突发状况无法及时救治。警长听完沉默片刻，随后帮我们在医院门口找了一间可短租的公寓。公寓虽小，却五脏俱全，我在父母的照料下在这里安顿下来。过了几天，朋友来看我，聊起回国治疗的话题，问我："为什么还不走？"

我不走有两个原因。第一个原因是，没有适合我的航班。我的骨头断的断，裂的裂，碎的碎，根本无法坐立，双腿也不能弯曲。由于胯骨和骨盆损毁过重，我只能保持平躺，上半身最多倾斜 45 度勉强支撑。但是没有任何商用航班能放置担架，只能包机。父母为了让我回国治疗，咨询了乌汶当地航空公司，最终因航路申请程序过于复杂而放弃。

后来我们又联系了另一家航空公司。他们说想要放担架，必须拆掉一排座椅，我们必须承担一整排座椅的费用。我们同意后，航空公司经过评估，又不愿意拆了。可能他们认为拆装座椅非常麻烦，而且不是长期需要，觉得划不来。办法想了一箩筐，还是没有办法回国。为此我的父母彻夜难眠，两人都熬成了熊猫眼。

第二个原因关乎案件审理，警方准备在乌汶塔拉萨塔尼法院提起公诉，但案子没有任何线索：俞晓冬始终零口供，拒不交代，坚称一切跟他无关，他什么都不知道。法院方面希望我作为唯一的证人，能够出庭做证，向法院陈述俞晓冬的犯罪过程。但是公诉需要排期，日子定在 7 月 15 日。

-2-

公诉的日子终于到来。我斜靠在折叠轮椅上，被父母缓缓推进法庭。

再次见到俞晓冬，那一瞬间的冲击感，犹如龙卷风吹来，地动山摇。他坐在长条凳上，手脚戴着特制镣铐，手腕与脚踝间连着一条工字形铁链。我第一次见到这种镣铐，暗想这该是重刑犯才有的待遇。

俞晓冬突然抬头看见我，竟大声喊我的名字，然后深情地说："老婆，我好想你啊，你有没有想我？"

我在心里冷笑：我想，我日日夜夜想着你该如何去死。

父亲双眼通红，我能感受到他的愤怒。之前我在网上看过一个视频，讲的是一个母亲在法庭上向侵犯她孩子的凶手连开八枪，她那时的眼神和我父亲现在一样。父亲叮嘱我："俞晓冬说什么你都不要回复，你不要跟恶魔对话，你不要理他。"

我点头答应，静静地看着俞晓冬一个人在表演。他从凳子上站起来，说："老婆，我好想你啊！你想我了吗？我每天都梦见你。"

我们接下来要在此对簿公堂，他却把法庭当成聚光灯下的舞台，将被冤枉的深情男主角形象刻画得惟妙惟肖。以我对他的了解，他是想抓住最后的机会暖一下我的心，看看有没有回旋的余地。毕竟我还没有当庭指证他，如果这个时候签下谅解书，他还是有机会当庭释放的。

父亲把我推到法庭的一个角落，背对着俞晓冬。我的锁骨断了，头不能转动，所以我看不见他。但我知道他在我背后死死盯着我。

父亲附在我耳边，轻声跟我说："生死较量，不能心软。"

庭审开始后，我直言不讳，知无不言，言无不尽，把坠崖当天的细节以及相关细枝末节全部给他掏了个底朝天。

法官问我，坠崖前有没有发现什么反常？

我告诉法官，肯定是有的。

自打我怀上宝宝，俞晓冬就不去赌场了，仿佛变了一个人，每天不但帮我做饭而且主动收拾屋子。我当时还欣慰地想，他要当爸爸了，终于长大了。但我不曾想到，这只是他预谋的开始，他扮演好男人，是想让我放松警惕。

而且，一个正常人听说老婆怀了孕肯定会很开心，但是俞晓冬最初得知我怀孕却很紧张，我感觉他害怕小孩出生会抢占我对他的注意力和资源。

其实，怀上宝宝后，我是不想去泰国的，可俞晓冬却不停地怂恿我，他说："你要生宝宝了，以后可能没有机会再出去玩了，我们去旅游一趟吧！"我当时还以为他是为我着想，就同意了，毕竟怀孕前我们也爱一起旅游。

飞到泰国后，我们到朋友家取车子，因为我们的车都放在曼谷朋友家的车库里。通常车子用完，再停回车库，结果这次俞晓冬没有停回去，而是把车子停在了我们家的门口。至于俞晓冬为什么不把车子停回去，我后来才想明白，他计划把我杀掉之后，他再回到曼谷后就不用去朋友那边取车了。因为去朋友家取车，朋友会问他，暖暖在哪里呢？暖暖怎么不跟你一起回来呀？俞晓冬担心言多必失，所以提前做好了准备。

俞晓冬把我带到帕登悬崖前，先是以旅游的名义把我带到了边境美索，他说要去那里找一个朋友。那里很偏僻，路不好走，地面全是烂泥，旁边全是山头。我当时感到不妙，问俞晓冬："你朋友在这里，是做什么生意的？"他沉默不语。在我穷追不舍的追问下，他说："待会儿你就知道了。"

之后，他把我带到一个大型的赌场门口，他说那朋友在这个赌场工作，他不赌钱，他就是见见老朋友。我们在门口等了一会儿，那人出来迎接我们，但俞晓冬并没和他打招呼，而是立刻掉头。我诧异地问他："你还没有跟你的朋友打招呼，怎么就立刻掉头带我走了？"他很紧张，跟我说："以后再说。"后来想到泰国边境美索与缅甸边境妙瓦底相邻，又有缅北诈骗案，我才意识到他很可能是想把我卖给赌场，让他们带我去缅北。但他临时改变主意选择离开，大概是怕把我卖掉我仍然有生还的可能，担心万一我没死，他有被揭发的可能，这对他不够保险。因此他临时改变计划，把我带去悬崖。

其实，乌汶帕登国家公园的悬崖，我和俞晓冬先后去了两次。我们开车到乌汶后，当天下午去了一次。他是一个特别恐高的人，但是那天他竟然一直爬到悬崖边上，然后完全趴在地上，探出头来往底下看。其实站在上面可以完全看到下面的一大片原始森林，没有必要趴着看。当时，我觉得他这个动作有些诡异，奇怪地说："哎，你不是恐高的吗？怎么现在不害怕了？"他却说："恐高是可以通过锻炼得到治疗的。”我后来才意识到他异常的行为应该是在提前勘察地形。

第二天一大早，俞晓冬叫醒我，让我收拾收拾准备去帕登悬崖看日出。

已经去过一次，我不愿意再去了，想赶紧买票回曼谷，就跟他说：“昨天不是去过了嘛！今天就回曼谷吧。”

俞晓冬说：“我从来都没有看过日出，我们一辈子很可能只来这一次，这里的日出是泰国第一缕阳光升起的地方，我们的宝宝也将要出生了，第一缕阳光，新生命诞生，我们一家三口在这里看日出，寓意是不是很棒？而且，我也希望你站在悬崖上面，去感受第一抹阳光洒在身上的感觉，那一定会很美。”

我被他的话打动了，于是决定陪他去帕登悬崖看日出。

我们去泰国的那几天，他每天五六点就起床，然后靠在床头打游戏，玩手机。而他平时都是十点钟左右才醒。我问他，为什么不睡？他说是因为太热了。我也没有多想。其实他是心里盘算着要谋杀我的事睡不着。我被他推下悬崖当天，他还有一些异常反应，出门之前，他一直待在厕所里面不肯出来。我问他怎么了？他说便秘，后来他待了足有半个小时才走出厕所。

看日出之前，我们去买了两碗泡面当早餐。俞晓冬选的是市面上不经常见的口味，也是他平时没有吃过的口味，而我选的是平时常吃的经典口味。面泡好后，俞晓冬吃了一口就吐了，他失望地摇摇头，将那碗面全部倒掉。我把我的面推到他面前，我说，我不太饿。俞晓冬二话没说，把面吃掉了。想起这个场景，我的心宛如刀割，我把面都让给你了，这可是我和宝宝的口粮，但我的良善最终却没有唤醒他的良知。

后来，我们开车进入帕登国家公园去看日出。在停车场里，我迷迷糊糊下车，忘了拿手机，他锁了车。我说我要拿下手机，俞晓冬却说："我们就去一会儿，看完就回来了。"

看完日出，人群散去，可俞晓冬迟迟不愿意离开，他坐下来跟我聊天，问我："你这辈子有没有什么遗憾？"

我当时并不知道他葫芦里卖的什么药，想着自己事业有成，家人平安，自己的小家庭也美满，就回答他说："我没有什么遗憾。"之后俞晓冬说他要去上厕所。我站在崖顶等他，等了他好久，大概等了二十分钟，他才回来。

他回来以后，我就说："我们走吧，这边也没什么可看的了。"说着我就转身往停车场的方向走去。我才走几步，他叫住我说："不要回去。"然后指着一个方位说，"那里还有一个 3000 多年前的古人类壁画，我们进去看一看。"

我抬头看了一下，发现他手指的方位是一片荒无人烟的小树林，于是说："这里面一看就是很荒芜的样子，哪有什么人类壁画？我不去了。"

俞晓冬却笃定地说："壁画就在里面，我已经做功课了。3000 多年前的人类文明，一定要看一下。咱们好不容易来一次，看了再走吧，就在里面。"

看他那确信无疑的样子，我想着看看也无妨，于是说："那走吧。"

俞晓冬带着我往悬崖边走，走着走着，我心里觉得不太对劲。他带我走的路不仅荒僻，而且又狭窄又靠边，特别危险，通往景点的路怎么可能修成这样呢？虽然心下狐疑，但因为俞晓冬是我深爱的丈夫，又是我孩子的父亲，我还是选择继续跟着他走。

我一边走还一边问他："到底是不是这条路啊？感觉不太对啊！"

他很肯定地说："就是这条路，我做了功课的。"

于是，我小心翼翼地扶着肚子，跟着他走向靠着悬崖边的路。

走了一会儿，我看到前面是一片杂草丛生的密林，以及一道壁立的悬崖，完全是一条死胡同，根本无路可走，于是我说："哪里有壁画啊？前面根本无路可走嘛！"

"就在前面。"俞晓冬指着前面极其兴奋地说，"你再往前走走，走到这个前面，这里全是壁画。"

"哪有壁画？你睁眼说瞎话吧！"那一瞬间，我都觉得魔幻了。前面明明是挡着路的杂树野草，再往前走就是悬崖，根本无路可走，他却说壁画就在前面，这不是睁眼说瞎话吗？就好像明明前面有一堵结实的墙挡在你面前，你根本无法再走，那个人却说："路就在前面。"

然而，俞晓冬却还想继续引我往前走，他指着密林前面的悬崖跟我说："你看这不是壁画吗？"

这情景太诡异，我向他喊："你有什么毛病吧，这哪有壁画？"

"你走过来就看到了。"他招呼我。

我前面明明是一堆比人还要高的杂草，杂草前面就是壁立的悬崖，连壁画的影儿都见不着。我不想再往前走了，我觉得再往前走没有意义。

俞晓冬却一直走出杂草密林，走到壁立的悬崖边上，左手扶住悬崖壁，往悬崖下面看了看，还引着我说："你走过来嘛，这里就有壁画。"

我也不知道平常恐高的他那会儿怎么不怕了，是不是真的看到了他口中所谓的3000多年前古人类壁画。我自顾自地说："我一看就没有路，完全是死路一条嘛，我才不往前走呢，我要回去了。"说着，我转身就往回走。

走了没一会儿，俞晓冬快步追上我，抓住我的手臂，我感觉一股强大的臂力把我拉了回去。之后，他从身后环抱住我，双手放在我的腹部，轻轻地亲了一下我的右脸颊。那一刻我还感觉到温暖甜蜜，可随之而来的却是他在我耳畔说的一句恶狠狠的话："你去死吧！"然后，刚才拥抱我的手已经化为鹰爪般的魔掌，一股强大的推力将我狠狠推下悬崖。那一刻，我才意识到发生了什么。原来刚才他的拥抱和亲吻不是爱情的甜蜜，而是他和我以及我们的孩子的一种告别仪式。

我本能地喊了一句："不要啊……"然而，其他的话我根本来不及说出口。就在那一瞬间，我感受到了身体的腾空，我本能地伸手想要抓住某样东西自救，但我抓了个空，几乎是电光石火间，我已被他推下了悬崖。

从俞晓冬的所有反常迹象来看，他是有目的地要加害我。他一开始打算把我卖到缅甸边境，可只要我活着，他的罪行有被揭露的风险。最后他干脆一不做二不休，打算下死手，直接把我引到悬崖边上将我推下悬崖，伪造一种我自己不慎掉落悬崖的假象，好让自己实施所谓"完美犯罪"。因为我在异国他乡，还在边境的悬崖底下，身上没有手机也没带护照，到最后我很可能变成一具无名尸体，成为孤魂野鬼，而他将继承我所有的财产，从此过上纸醉金迷的生活。

既然我死里逃生，有幸活着回来了，我当然要在法庭上揭露他的罪行，让他受到应有的惩罚，把牢底坐穿。

俞晓冬为自己辩护时，摆出一副无辜、弱小、可怜的样子，重复说着同样一句话：“我不知道啊，我不知道，她不是头晕自己掉下去的吗？”那一瞬间，我突然发现我跟一个患上表演型人格障碍的男人在一张床上睡了两年，深情男主角这层面具下应该还戴着别的面具，我一阵战栗，是恨自己识人不清。

在指认书上签字时，我下意识抬头瞥了一眼俞晓冬的方向，而他恰巧也在看我。就那么一秒的对视，我就看清他的脸上戴着一副恶魔面具，跟那个深情男主角人设判若两人。他盯着我的眼神冷得像冰，鹰隼般的眼神锋利刺骨，透着股子狠劲，仿佛下一秒就要冲过来一刀捅死我。最可怕的是他变脸的速度，从深情到阴狠，比川剧变脸还快。就这一眼，成了我挥之不去的梦魇。

他狠狠地剜了我一眼，就被两个法警带出法庭，陆慧芳像个保姆一样背着包跟在后面。那个包不是陆慧芳的，是我给俞晓冬买的，想必是俞晓冬被捕后交给她的。

我让父亲喊来警长，沟通后得知他们并没有拿俞晓冬的手机进行侦查。我说俞晓冬的手机非常重要，它是重要的证物。手机里面有他搜索的内容，包括他用什么方法害我，他一定会留下痕迹，他不可能全凭脑子去想的，一定要把手机拿到。

警长带队截住陆慧芳，说：“我们需要调查俞晓冬的手机，请你把它交出来。”

陆慧芳抱着包说："手机我不知道啊，我可能丢在宾馆了吧。"

父亲把我推到陆慧芳面前，然后掏出我的手机，拨出了俞晓冬的号码。陆慧芳背包里传出电话铃声，俞晓冬的手机响了。

我说："手机在包里面。"

警察命令陆慧芳："你把包打开，我们要看一下。"

陆慧芳反应过来，立刻抱着包就跑，警察在后面追，父亲推着我也在后面追。

陆慧芳五十多岁了，她当然跑不过年纪轻轻的警察。跑到走廊尽头，她按电梯的下行按键，可电梯迟迟没有上来。眼看跑不掉了，她一屁股坐在身后的窗台上。她推开窗户，趴在窗户上，大喊道："你们不要靠近我。谁敢靠近我，我马上就跳下去。"

警长见她的情绪特别激动，命令手下的警察不要靠近。

我父母也跑过去，要求她交出手机。她指着我父母说："如果他们靠近我，我马上就跳下去，死给你们看。"

法院是一个庄严的地方，不允许喧哗，更不允许打闹。法警闻声而来，庄严肃穆地说道："不管你们有什么矛盾，绝对不能在法院里搞出人命。你们各退一步好不好？"

按照陆慧芳的要求，我们只好兵分两路：法警负责安抚情绪失控的陆慧芳，而警长负责把我和父母送回法庭，问题解决之前不能出去。不得不承认，陆慧芳还是有两把刷子的，她瞅准时机，在电梯门打开时，跳下窗台，迅速上了电梯，又掏出一把水果刀架在脖子上。法警眼睁睁地看着电梯门缓缓关闭，他们怔了一会儿，冲进楼梯间，步行下楼。电梯的下行速度显然比步行快得多，而法庭在三楼，楼层很低，陆慧芳跑出电梯，跑出大门，就这样在警察的围追堵截中，把手机带走了。

我问警长：“这么重要的证据，你们怎么会交还给犯罪嫌疑人家属呢？”

警长解释道：“这里是边境地区，小偷小摸的案件天天都有，但杀人放火这种大案，几十年都遇不到一起。我们确实缺乏这方面的侦查技术和刑侦经验。”随后，警长立即派手下警员赶往陆慧芳的酒店，他们将陆慧芳房间翻了个底朝天，却始终没找到那部手机。

警长向我道了歉，并承诺说他们会继续追查手机的下落。但我知道，手机的线索应该是断了。

-3-

炎热的乌汶仿佛一个蒸笼，而我就像笼中的包子。大腿伤口又红又肿，已出现化脓感染的迹象。母亲学着护士的手法，小心翼翼地为我清创。公诉虽已结束，回国航班却依然无着落，我们只得继续在医院门口的公寓里煎熬。

母亲叹气道：“本以为我们过来能早点接你回国治疗，哪承想回国这么难！”

中午时分，警长来看我，这回他神神秘秘的，怀里抱着一个东西，用红布蒙着。他先是说，他通过私人关系帮我们找到一家航空公司，对方同意将最前排的商务舱留给我。接着，他郑重地揭开红布——那是一尊佛像。

“这尊佛是泰国一位著名法师供奉过的，”警长说，“愿佛祖保佑你。”

我决定将这尊佛像带回国内供奉，它不仅承载着祝福，更凝聚着警长给我的感动与力量。

望着警长与父亲相似的眼神，往事涌上心头：警长不仅为我挺身而出，果敢地签下反保释协议，保护了我的人身安全；他还会经常来看我，要知道从警局到医院是两个半小时的车程；他知道我信佛，这次还送我这么殊胜的礼物。想起警长为我做的种种，那种无法掩饰的善意如清澈的泉水，滋养着我的心，我不禁泪湿眼眶。

因为俞晓冬人性的恶，我坠入悬崖，住进医院，身心都经历了地狱般的折磨，觉得人间不值得。但这段时间，我又真真切切感受到了人性的善，不管是警长、秀兰阿姨、白大褂、护士、朋友武元，还是在乌汶帕登国家公园因为迷路偶遇我、告诉工作人员的好心人，他们让我没有对人性失去希望，依然相信人间有真情。

离开乌汶时，警长亲自开车送我们到机场，秀兰阿姨也来送我。分别时我哭了，我用食指拼命向大拇指弯曲，最后打出一个 OK 的手势。警长看懂了，会意地向我竖起大拇指。我们经由特殊通道进入候机室时，警长和秀兰阿姨才转身朝外走，我频频回头，只见他们三步一回头，仿佛在送别离家远行的亲人。我默默在心里说：以后，只要我再回泰国，我一定会来看望警长和秀兰阿姨，他们可是待我如女儿一般亲的救命恩人！这样的恩情，我终生难忘！

由于身体无法弯曲，我必须保持僵直姿势躺在担架上。机场的两个地勤将我抬上机舱后，父亲把座椅靠背往后放到最低，又在座椅前面放上箱子，好让我的腿保持笔直，尽量减少盆骨的弯曲。

我猜同机的乘客一定把我当成了怪物——浑身缠满纱布，因为要随时拆开给伤口消毒，所以我是不能穿衣服的。母亲准备了一件套头长衫将我整个罩住，没有穿内衣，没有穿内裤，我就这样赤裸着被带上万米高空。

飞机不断颠簸，我的身体也跟着晃动。皮肤与布料摩擦滑动，长衫总是不听使唤地往上蹿，下半身时不时就暴露在空气中。漫长的航程让人精疲力竭，偶尔迷糊睡去，醒来时根本不知道已经暴露了多久。来往的乘客、穿梭的空乘，所有人的目光都可能扫过我的身体。屈辱之外，更多的是心酸——曾经光鲜亮丽的我，如今竟要以这般不堪的姿态示人，这简直是生命不能承受之重。

十几个小时的航程，在我的意识里被切割成五万秒。每一秒之间都裂开缝隙，我像只惊慌的袋鼠，不断躲进这些时间的夹缝里，直到飞机终于落地。

第七章
艰难康复

-1-

回国后，我将自己封闭在卧室，谢绝所有来访。朋友和同事前来探望，都被母亲婉拒在门外，我害怕成为被人围观的对象。

大概过了一周，我托朋友联系了一家私立医院，开始尝试康复治疗。

怀孕后我的孕反很严重，吃什么吐什么，体重一直无法突破九十斤。被俞晓冬推下悬崖，又经历了酷刑般的手术，导致我的体重暴减，我和宝宝的体重加在一起才八十斤。肚子高高隆起，显得比一般孕妇五个月的肚子要大一圈。

私立医院的医护人员见到我的状况都心惊胆战。他们担心康复过程会引发流产或血崩，一旦发生意外，不仅胎儿保不住，我的生命也会有危险。因此，他们不敢给我做康复，也不敢开药。康复需要每三五天做一次 CT 和核磁，确认骨头有没有生长和愈合，但这些检查对胎儿神经系统发育影响巨大，院方不愿承担风险。

一周后，院方领导亲自来病房劝我出院时，我在他的眼睛里看到龙卷风。与此同时，我的脑袋里闪出一幅画面：南美洲亚马孙河流域热带雨林中的一只蝴蝶，扇动几下翅膀，引起了两周后美国得克萨斯州的一场龙卷风。

“我们出院吧。”我对父母说。

回家路上，父亲问我，为什么同意出院？

我笑了笑，说：“我现在是一只蝴蝶。”这个时候我已经意识到，问题的关键不在于康复，而在于宝宝。

我和父母找了数十家医院，包括南京地区最专业的妇幼医院，谈到最后，他们的负责人都是一个动作：微笑，摇头，婉拒。

妇产医生告诉我，生孩子一定要具备两个基本条件。一个是双腿外扩。正常人的腿是可以外扩的，而我的腿由于做过手术，丧失了外扩功能，里面都被钢板和钢钉钉死了。另外一个条件是，孕妇躺在产床上，膝盖必须自然下垂，可我的两个膝盖皆碎，一直保持僵直，无法弯曲。

医生说：“你腿打不开，骨盆就张不开，你怎么生？我们再厉害，也不能给你弄出来啊！”

没有医院愿意接手我的分娩，也没有医院敢为我做康复治疗。命运在我们面前筑起两道高高的围墙，将我们全家困在其中。我就像是一个被社会抛弃的人，只能静静地躺在床上，看着墙上的时钟发呆。

2019 年 7 月底，南京的一家医院给我打来电话，说他们在网上看到我的新闻视频，了解到我的情况，愿意破例收治。这通电话终于让我看到了一线曙光。

我的主治医生是位四十出头的女性，面容清秀，手指修长。她走路带风，说话做事都透着雷厉风行的劲儿。后来我才知道，收治我这个特殊病例，她和医院都顶着不小的压力。

其实，稍有医学常识的人都明白，坠崖后我做了那么多手术，打了那么多止痛药，又照了那么多次 CT 和核磁，胎儿不可能不受影响。只是我固执地不愿相信这个事实。每次做完检查，我都会下意识地将掌心贴在隆起的小腹上，好像这样就能替宝宝筑起一道防护墙，挡掉那些看不见的伤害。然而，事实并非如此。

"CT 片子显示，胎儿四肢轮廓模糊，生下来可能会……无手无脚。"那天，主治医生的话语在病房炸开时，我正伸手去够床头的水杯。金属杯盖突然从指间滑落，在地面上弹跳着滚向墙角，发出的每一声脆响都像钢钉凿进我的骨髓。

主治医生继续说："而且，你的身体指征在不断下降，已经不能再支撑养育宝宝了，随着宝宝越来越大，后期对营养的需求越来越多，你没有办法去支持了……加上胎儿很可能存在严重缺陷，建议立即引产。"

我原想拼尽全力保住这个孩子，却不得不面对残酷现实的双重打击：胎儿可能不健康，而我的身体也不能再支撑养育宝宝。

"那就……引产吧。"我说出这句话时，锁骨处的钢板突然传来尖锐的刺痛。恍惚间，我仿佛听见一声婴儿的啼哭——那是我无缘人世的孩子在哀鸣。

想要引产必须去街道开证明，丈夫也必须在证明上签字。但俞晓冬正在泰国服刑，导致我开不出证明。我们跟院方讲了大概情况，他们却说，他们也没办法，规章制度是铁打的，他们必须走这个程序。

于是，我又一次被围墙困住了，这回是被困在医院的病房里。

-2-

母亲联系了居委会主任张妈妈，她是个热心肠，在网上看过我的遭遇，答应帮忙协调。

后来听母亲说，张妈妈骑着电动车直奔省委大院，拿着资料找相关领导打报告。她跟人家说这个是特殊情况，孩子的月份越来越大，不能再拖了，而且她丈夫在泰国被抓，现在又是审讯期。总而言之，希望急事急办，特事特办。

在张妈妈的帮助下，我终于拿到了可以引产的相关证明。但又遇到了新的难题，这次的难题是我自己。

我对肚子里的宝宝有感情，尽管我们未曾谋面，但自从知道他在我肚子里安家落户，我就默认这个小生命将与我的人生息息相关。在悬崖底下，是他陪伴我度过了那么难挨的生死时刻。而且宝宝很坚强，从 34 米高的悬崖摔到崖底，再到后来的手术昏迷，他都陪着我。从某种程度上来说，是宝宝救了我。

而引产，意味着要通过口服药物将胎儿毒死，再将其生下来，让我失去宝宝。我舍不得，我不想失去他。

和我同病房有一个产妇，她的宝宝只比我的宝宝大两周，她的宝宝六个月的时候就早产了，除了体型稍微小一点外，其他各方面的数据都很健康。我想，为什么我不能再坚持两周呢？他已经五个半月了呀！我不想做引产手术，我想将他生下来。

家人和医护人员都来劝我：第一，相比孩子，他们更希望我能够活下来；第二，我没有抚养能力，医生判定我大概率会躺在床上度过余生；第三，他们担心以后孩子长大了，俞晓冬过来认孩子或者找孩子，而且孩子有这样一个爸爸不知道会受到外界怎样的对待，会不会让孩子在痛苦中长大。

可在我心里，无论他身上有谁的DNA，他都是我的骨肉，他不该为了别人的错误去买单。如果这里容不下他，我就带他去更远的地方生活，无论如何，我爱他，会保护着他，让他安全地长大。

引产之前，我一直在哭，天黑时哭，做梦时哭，天亮时也在哭。直到哭得没力气，我才停止哭。

护士送来引产药，药片被我攥在手心里，时间一长汗水便把药融化了。

护士陆陆续续又送了三轮药，药片都在我手里融化。护士不得不找来主治医生。

主治医生站在床头，静静地看着我。

我说："我不想失去孩子，我愿意为此付出任何代价。"

主治医生摘下口罩，露出疲惫而美丽的脸。她缓缓说道："3至5个月是胎儿脑神经快速发育的阶段，而你刚好是怀孕三个半月时出事的。这期间你一直在治疗，照了那么多X光片，做了那么多的核磁，上了那么多的麻药，又吃了各种各样的药片，胎儿是根本承受不住的。最大的风险是，他脑子不健全不正常，生下来怎么生活？"

我说："如果他是傻子，我就一辈子伺候他；如果他有残疾，我也不嫌弃他；如果有人嘲笑他，我就把房子车子全部卖掉，带他离开去一个没人的地方。”

她叹口气说：“那你想过吗？如果孩子是傻子，他就没有办法正常地长大，也没有办法正常地学习，他无法去感受爱情、亲情、友情，他来到这个世界上就只有呼吸，然后等待死亡。如果他感受不到这个世界的爱与恨，如果他天天被人欺负，而你比他死得早，你走以后，他活在这个世界上就会生不如死。作为妈妈，你想让你的孩子过这样的日子吗？”

那一刻，我的心突然被戳到了。如果宝宝天生有问题，我要留下宝宝或许就是害了他，这也是一种自私的行为。我只是希望他能够活下来，只一心想着能够拥有他，却没有想过，他生下来以后，是否真的快乐。那是我第一次从宝宝的视角去想这个问题，我突然之间像是明白了什么，生命是一场体验，如果他连基本的体验都没有，那么生命变得毫无意义。

我一边在引产手术单上签字，一边号啕大哭。

主治医生拍拍我的肩，安抚了我一下，然后把药片塞进我的手里，转身出门了。

以前，我以为吞下药片的一刻，宝宝会突然被毒死，其实不然，死亡对宝宝来说是一个漫长的过程。吃药片以前，宝宝每天都会和我玩，有时用他的头顶顶我的肚子，有时用他的小脚踢踢我的肚子。他很乖，知道妈妈身体不好，所以只在白天闹腾，晚上我睡，他也跟着一起睡。他踢我的时候，我能感受到他很有活力，“咚咚咚”“咚咚咚”，仿佛在敲墙壁，而我们是住在彼此隔壁的邻居。

连续三天吞下药片，我能清晰感觉到他的生命在一点一点衰落，他的力气也在逐渐变小。胎动越来越弱，从最初欢快的“咚咚咚咚咚”变成迟疑的“咚——咚——”，再变成微弱的“咚……”，直到最后一声“咚”响起，我的肚子里再也没有了动静。最后那一下“咚”就好像宝宝在跟我说：妈妈，我要走了。

那个瞬间，随着宝宝的离去，我心里的某个地方，也跟着他永远沉寂了。

这种痛，像是被活生生剜走了一块连着心脏的血肉，痛彻心扉。我的眼泪不受控制地涌出，可再多泪水也填不满心里那个突然出现的空洞。

进产房之前，我仍抱着一丝希望问主治医生：“能不能剖腹产？”

她摇摇头：“引产药物也被你吸收了不少，加上你的体质不好，并不符合剖腹的条件。剖腹产对你风险太大，再剖一下，估计人就没了。”

2019 年 8 月 5 日，我怀着难过、不安与恐惧等各种复杂的心情，被推进了产房。

整个医疗团队顶着双重压力——既有来自上级的顾虑，也有媒体和舆论的密切关注，坚持完成了这场手术。即便如此，他们依然小心翼翼地照顾着我的情绪，更时刻为我的身体状况揪着心。刮宫时，我听见他们压低声音互相提醒：“轻一点，轻一点，再轻一点……”那语气，仿佛在对待一件易碎的珍宝。他们拼尽全力保住我的子宫，为我留住未来做母亲的可能。

他们对我非常温柔，尽可能地轻声细语、轻手轻脚，动作轻得就像在照料一个熟睡的婴儿。可这份温柔的背面，却藏着最残忍的现实——在这个巨大的妇产科里，顺产、剖腹产、引产，所有的生命故事都在同时上演。

一个产房里面，有时候可能会有几个产妇同时分娩。我听到别人的孩子呱呱坠地，发出响亮的啼哭声。但我生出来的宝宝，没有呼吸，没有声音，他甚至不会哭。我看见护士把他装进一个黑色的医用垃圾塑料袋，头也不回地拿走了。

这个世界有人生，有人死；有人庆贺新生，有人阴阳两隔。那种感觉就像你伸手快摸到星星，可就在那一刹那，天突然亮了，你什么都摸不到了。

-3-

当我的手臂还悬在空中，徒劳地想要抓住那颗消逝的星星时，一通来自南京法院的电话将我拽回现实。

法院的工作人员说,陆慧芳找了个律师,写了个起诉状把我告了。陆慧芳提出两项诉求：立即离婚，并索赔1100万元。起诉书中，她对俞晓冬把我推下悬崖、嗜赌成性、蓄意谋杀只字不提，反而将婚姻破裂归咎于我的“脾气不好，终日争吵”。

我跟法院的人说：“从起诉书中，我闻到了丧心病狂的味道。”这也是我第一次切身体会到什么叫恶人先告状。

随后几日，我的引产经历被国内各大媒体相继报道。法院派人摸清整个事情的来龙去脉后，再次给我打来电话，表示对陆慧芳的起诉没有给予受理。

听说陆慧芳带着俞晓冬的两个狱友大闹法院，被法警轰出来后，他们还是不肯作罢，竟找到我父母家继续撒泼。深更半夜砸门吵闹，吵得邻居夜不能寐。邻居们知道我的处境，都默默忍受。我父亲可不惯着他们，兵来将挡，水来土掩。看着父母布满血丝的眼睛，我果断报了警。

陆慧芳和俞晓冬那两个狱友在警察到来之前，赶紧跑出小区。我还以为他们是怕了，后来才知道，他们开着车到我和俞晓冬在南京购买的婚房，把房子里所有值钱的东西洗劫一空。这房子已经不是第一次遭他们毒手——上次搬走了各种家电，这次连卷纸都没放过，简直像蝗虫过境，寸草不留。

俞晓冬被捕后，他的母亲陆慧芳并未收敛，反而像一颗随时可能引爆的定时炸弹，持续威胁着我的生活。早在乌汶住院期间，她就已经展露出令人不安的行为——未经允许，私自闯入我的住所，劫走财物。

当时，俞晓冬被乌汶警方逮捕，从医院前往警署的路上，俞晓冬和陆慧芳被关在同一辆车内，足足两个半小时。显然，他们利用这段时间密谋了什么。之后，俞晓冬在曼谷的狱友赶到乌汶，协助陆慧芳处理后续事宜，毕竟她不通泰语，寸步难行。

他们在乌汶待了几天，试图保释俞晓冬，甚至交了保释金。然而，警长直接驳回了保释申请，明确告知他们：俞晓冬不会被释放。眼看无计可施，他们干脆放弃，转而决定“拿走能拿的东西”。于是，一场有预谋的财物扫荡开始了——他们先回到我曼谷的住所，肆意翻找，带走一切值钱或重要的物品；紧接着，他们飞回国内，闯入南京的家中，再次洗劫；最后，他们甚至赶到江阴的家中，继续搜刮。

陆慧芳的行为，早已超出“护子心切”的范畴，更像是一种报复性的侵占，试图通过这种方式弥补她儿子入狱的“损失”。

在乌汶住院期间，我从物业处得知，陆慧芳趁乱偷走了我家中的贵重物品。当时我委托物业去调查，物业也把所有的监控录像发过来给我看了。我看后很气愤，当即委托律师起诉，却被告知：因我与俞晓冬尚存婚姻关系，陆慧芳作为其母亲，财物纠纷难以界定为盗窃。

我不死心，转而报警。警方多次上门追讨，陆慧芳却理直气壮：“我不是偷，也不是抢，而是替我儿子保管！等什么时候我儿子出来了，确认这些东西不是他的，我再把拿错的东西归还就是了。”她咬死这套说辞，拒不归还。

我回南京治疗后，因为实在太气愤家中肆意被盗这件事，希望陆慧芳把她拿的重大财物还回来，所以我不断去警方那边报警。警方迫于压力开始处理这件事，最终，警方将陆慧芳从江阴押至南京审讯。面对警察，她假意妥协：“东西可以还，但我年纪大，搬不动。让她自己来江阴拿吧。”当晚，警方来电告知她“态度良好”，同意归还。可当我次日清晨赶到警局，打算和她一起去江阴拿东西时，却得知她以“身体有病须回家服药”为由连夜离开——显然，这是一场精心设计的金蝉脱壳。

当时，我还没做引产，浑身骨折，怀着孕，腹部高高隆起，连正常坐车都做不到，只能平躺在后座。但我管不了那么多，一心就想去拿回东西。于是，我的父母，两位年纪挺大的老人，驾车带我奔赴江阴。两个半小时的路程，母亲因不敢开快，足足走了三小时。国道颠簸，每一次震动都让我难受。我平躺着，肚子随车身摇晃下坠，仿佛一颗将爆未爆的西瓜。可我想着：只要拿回东西，这罪就没白受。

抵达陆慧芳居住的小区时，我看到她家灯火通明，但是怎么敲门都无人应答。我打她电话，最初还能打通但不接，后来她干脆关机了，而她家窗户的灯光随之熄灭——我知道她在里面，故意装作不在。

父母爬上五楼反复叩门，回应我们的只有沉默。为了方便观察楼上的情况，车窗半开着，我仰躺在后座，眼睛死死盯着五楼那扇窗户。夏夜的湿热裹着蚊群涌进来，在我裸露的皮肤上肆意叮咬。那些细小的刺痛从手臂蔓延到脖颈，我却连抬手驱赶的力气都没有。蚊虫的叮咬尚可忍受，但等待中的每一秒，都像钝刀割肉般折磨人心。

父母无奈下楼，说陆慧芳就是不开门。不得已，我只好报警。警方又带着父母上去敲门，敲了好多遍都没人应答。

我们给江阴警方出示了南京警方给的一些记录，告诉江阴警方，我们是来干吗的，我们是有权利进去拿东西的。但江阴警方说："这是民宅，敲门的话，对方开门才行。如果对方不开的话，我们不能破门。私闯民宅是非法入侵罪，不可以的。"他看我浑身是伤，又是个孕妇，觉得我们也很不容易，劝我们回去，说这样僵持下去不是个办法。

这时，我们在那里已经逗留两个多小时了。

父亲气得眉头拧紧，母亲都气哭了："这个死老太，怎么会这样子欺负人？太坏了！"

"你们把我抬下来！"我声音发抖，"就放到他们楼梯道门口。虽然我浑身断了，我不能走也不能动，但是今天我只要有一口气，我就跟她拼了。就算死，我也要死在她家门口！"我不相信这个世界上没有公道，还可以这样欺负人。

父母含泪抱住几近癫狂的我，三人哭作一团。最终，他们强行将我带回车上。

归途的夜路格外漫长。凌晨一点到家时，父母已疲惫到极限。本该卧床治疗的我，白白耗去一天，换来的只有陆慧芳阴险的嘲弄。这世上，有些恶，超出常人想象。

其实，真正令我愤怒的，并不是那些被掠走的财物，而是他们肆无忌惮地践踏着我的生活边界。一次次破门而入，一次次将我的私人空间洗劫一空，这种野蛮的入侵让我连最基本的栖身之所都失去了安全感。他们不是在偷东西，是在偷走我对“家”这个字的安全感。

-4-

做完引产手术出院后，我回到父母家坐月子。按照老辈人的说法，出嫁的女儿回娘家坐月子会给家里带来晦气。我的父母却执意把我接回家，仿佛那些禁忌在他们眼里都不重要。他们像两个不知疲倦的光团，在昏暗的房间里忙进忙出，洗衣做饭，无微不至。

那段时间我总在昏睡，甚至不愿醒来。因为在梦里，我能进入另一个平行世界——那里没有悬崖，没有伤痛，我还是个健康的孕妇。在国际部宽敞的产房里，我顺利生下了一个大胖小子。他的啼哭声在产房里回荡，小手小脚健全，在晨光中像块透亮的红玉髓。母亲抱着孩子对我说：“你们这代人啊，就算当了妈妈，自己也还是个孩子。”

梦里，亲朋好友都来探望，夸孩子长得像我。我贪婪地看着他，怎么看都看不够。醒来时，有时是笑着的，有时是因为长时间保持抱孩子的姿势而手臂发麻。我越来越分不清现实与梦境，甚至觉得那个有孩子的世界才是真实的。

直到有一天，我用刚刚能动的右手狠狠掐自己的大腿，却感觉不到疼痛。“果然，”我想，“现实才是假的。”

母亲却红着眼睛说：“你躺太久，腿都压麻了，当然没知觉了。”

那晚，我听见母亲悄悄对父亲说：“闺女病了，是心里的病。”

在后面很长一段时间里，关于宝宝引产那件事，我始终都不肯放过自己，一直在质问自己：我当初究竟有没有做出正确的选择？如果我再坚持两周把他生下来，他会不会就是一个健康的宝宝呢？

直到有一天我去医院复查，看到一对父子从我面前走过。那位父亲满头白发，身形佝偻，而他前面非常高大壮实的青年，应该是他的儿子。但儿子的眼神、表情和动作，与正常人不太一样，他双目无神，一边四处乱走，一边嘴里呢喃着什么。

父亲手上提着厚厚的就医资料，默默地跟在儿子后面，保持着不远不近的距离。他无法阻止儿子的行为，却又想尽力保护他。父亲的目光始终在儿子身上，不去在意周围人异样的目光，他似乎早已对此麻木，也不在乎。

眼前这个场景，让我仿佛看到了多年以后的自己，如果我真的把宝宝生下来，如果宝宝是个智力有障碍的孩子，我们岂不是也会上演类似的悲剧？

想到这里，我忍不住泪流满面，就坐在医院里不停地哭，哭成了个泪人。

也就是在这一天，我终于选择了释怀，放过了自己。

我在家里坐完月子，父母终于按捺不住了。他们没有跟我商量，而是自己联系了医院，救护车闪着警报灯开到我家楼下，把我抬上了车。

救护车一路“呜哇呜哇”开进医院大门时，我才发现回国后曾在这里住过一个礼拜，后来被他们当成蝴蝶请了出去。第二次回到医院，院方很重视，他们派出最好的医生“国字脸”帮我进行康复训练，国字脸给我带来极大的安全感。他介绍治疗方案时，我居然走了神，脑袋里出现泰国医生“白大褂”的身影，他和国字脸虽然长相不同，但对工作都有着近乎痴迷的执着，因为在他们眼里，我不是一个机器，而是一条鲜活的生命。

他们给我全身上下都做了CT，好掌握身体各个部位的愈合情况，然而不查不知道，一查吓一跳。

医生告诉我，我的盆骨后面有四处缝隙没有愈合，左脚的足弓骨和脚趾，愈合后是畸形的，脚趾不能正常发力，也不能抓地。正常人走路是后跟着地，前掌抓地，再后跟着地，前掌抓地，我左脚的足弓骨到不了正常的弧度。

我只好一边做手术，一边进行康复训练。

国字脸给我制订的康复方案共分五步：掰腿、坐、站、抬腿、走。我的腿不能弯曲，要把已经生了锈的膝盖关节掰弯。国字脸亲自动手，伴随膝盖关节发出“嘎巴嘎巴”的响声，我的嘴里也发出杀猪般的号叫。号叫让我父亲落泪了，他是一个喜怒不形于色的男人，可当他看到这一幕，还是乱了心神，抹着眼泪走出康复室。

每次我忍不住哀号出声，总会引来许多病友和家属。他们围在康复室门口，默默看着我训练。当我被推出康复室时，总会收到各种鼓励——有人喊“加油”，有人说“挺住”，还有人朝我竖起大拇指。

约莫一周后，当国字脸再次为我掰腿时，我突然不再叫喊了。

国字脸眨眨眼睛说：“疼，你就喊出来。”我说：“习惯了。”

这个转变不仅让病友们惊讶，就连父亲也破天荒地重新走进康复室。他像观察外星生物般盯着我看了几分钟，随后默默离开。

后来母亲告诉我，父亲对她说：“你女儿适合当兵。”

都说父女连心，或许父女之间真有某种心灵感应。那天，父亲一定感受到了我承受的疼痛——我正在用疯狂的意志力与疼痛对抗。

果然，母亲悄悄告诉我，父亲后来躲在卫生间里，一个人哭了很久。

-5-

一个月后，中国北方已入深秋。手机视频里，我看到北京香山的枫叶正红得绚烂，层林尽染。南京的暑气也消退不少，国字脸医生决定让我挑战坐起训练。

他们把我固定在专业康复床上，绑带紧紧扣住身体。床是遥控的，上半部分可以立起来成 90 度。我从 15 度开始练习，然后是 30 度、45 度。

随着遥控床板缓缓抬升，我的视野逐渐拔高，像《死亡诗社》结尾站在课桌上的学生们。我对国字脸医生说：“那是希望的模样，自由之花最后一定会绽放。”

他却说：“能坐不代表自由，能站能走，自由之花才能绽放。”

生命中有一种特殊的角度叫 90 度，当上身与大腿的夹角抵达

90度时，我终于能够坐在轮椅上了，甚至能从窗口看见叶子从树上飘落。

父母推着轮椅上的我，沿着秦淮河漫步，河水在夜色中静静流淌。

“秦淮河在这里流淌了一亿年吧？”我问母亲。

“谁知道呢。”她答。

“一定是的。”我固执地说。

永恒的河水一定是流动的，不动的水是死水，就像长期卧床的病人，有的患上腿血栓，有的会得肾结石。尽管医生每天都给我使用各种各样奇奇怪怪的仪器，可还是无法阻止我体内的结石。

一天夜里，一块结石从我肾脏里面掉落，仿佛一块陨石带着浓烈的火焰从大气层中滑落，火焰灼烧着我的腹腔，杀猪般的号叫声再次响起。得了肾结石必须先碎石，如果石头很小，医生会让你多喝水或者原地蹦跳，石头大概率会自己跳出来。我则不同，我不能蹦不能跳。听到我的号叫声，医护人员围了过来，但他们也无能为力，因为负责检查肾结石的科室早就下班了，他们总不能把我抬起来又蹦又跳吧。

他们只好让我忍着，忍到第二天早上去做检查，大石碎成小石，小石排出体外，我才算逃过一劫。

不过，坏事也有两面性，有时坏事也会变成好事，经结石这么一闹，我主动增加了坐起来的频率。国字脸不停地点头，他说：“你的康复速度比预想中的要快。”

接下来，我要挑战站起来。

“第一次庭审时，我必须站着面对俞晓冬。”我对国字脸说。

他却摇摇头：“有信念是好事，但一切都要遵循医学规律。”

几天后，泰国大拓律师事务所的史大佗律师主动联系我。史律师说，他们非常同情我的遭遇，并希望为我提供全程法律援助代理，还专门为我成立了由两位中国律师和三位泰国律师组成的工作组。这个消息，让我站起来的欲望更强烈了。

国字脸医生让人搬来一个带双扶手的助行架。两名护士一左一右架着我，借助她们的力量我站直了，可惜只有一秒钟，我不得不坐了下去。疼痛感来自左腿，它还是无法弯曲，更可怕的是我的肌肉也丧失了记忆。

尽管只有一秒，但足以让我坐在轮椅上傻笑一下午，这是坠崖后的第一次站立。我很激动，因为曾不止一位医生对我说过："你再也站不起来了。"而如今，我终于站起来了，尽管只能站一秒。

站立让我的视野再次拔高了，我甚至对助行架产生了痴迷，或者说我的快乐建立在我双腿的痛苦之上，先是站一秒，然后变成站两秒。

国字脸让我不要着急，他说："想要真正地站起来，一定要通过漫长的训练，非常慢非常琐碎，琐碎得让你无法想象，比刚刚出生的婴儿练习走路还要难。"

他说得对。婴儿尚有"三翻六坐九爬"的自然规律，而我必须重头来过。

恍惚间，我仿佛进入平行时空，看见本该出生的宝宝正在我准备的婴儿房里学步。他摇摇晃晃地站起，又跌倒在柔软的床铺上，却始终咯咯笑着再次尝试。

我学着想象中宝宝的模样，在助行架前咬牙坚持：一秒，两秒，三秒……就这样，我看着窗外秋叶落尽，冬雪消融，直至春芽初绽。

第八章

首次庭审

-1-

2020 年元旦前夕，警长禅猜从泰国给我打来国际长途，他告诉我，坠崖案件即将开始第一次庭审。

“这次庭审很重要，你作为当事人和关键证人，最好能出席。”他在电话里强调。

突然，他压低声音说：“对了，你找的那个代理律师整天在警局里闲晃，对你的案子毫不上心。”

泰国的司法程序跟中国不同，公诉后需要当事人整理材料，聘请律师并公证。因行动不便，很多材料我无法亲自整理，就支付高额律师费委托律师代办。

听闻警长提醒，我很诧异：“不可能啊，我问他，他说每天都在推进啊。”

警长说：“那你问问他，具体准备了哪些材料？”

挂断电话后，我立即联系代理律师，问他："案件材料你推进到什么程度？请把你已经准备好的材料发给我。"

结果，他一份材料也没发来，这时，我才知道我被骗了。

元旦过后，春节接踵而至。当整个中国都沉浸在过年的喜庆氛围中时，我们一家却愁云惨雾。

我的身体尚未康复，无法行走，生活不能自理，此时远赴泰国出庭无疑是个很艰难的决定。但一家人再三商量后，还是决定前往泰国参加庭审。毕竟这个坠崖案件很复杂，没有物证，也没有直接人证，作为幸存者的我，将成为最关键的人证，我的口述就是最好的证据。

父母用轮椅推着抱着拐杖的我，再启航飞向泰国打官司。

"我一定要让俞晓冬付出应有的代价。"我跟父母说。

抵达泰国后，我第一时间联系了张秀兰阿姨。在她的帮助下，我们重新整理补充材料、翻译公证。同时，我正式聘请大拓律师事务所的精英团队，律师团队帮我们重新核对诉状，紧锣密鼓地准备着开庭的各项事宜。

庭审一共分为五天。前两天，法庭重点询问我方医护人员和相关证人，我们需要提供相应的证明材料及相关证据；后三天法庭对被告方进行审理，进入被告方质证辩论环节。

庭审第一天，父亲推着我进入法庭，身后跟着三名律师。

再次见到俞晓冬时，他依旧戴着工字形镣铐，坐在被告席上。我们四目相对，他这次已经没了公诉时对我表演深情男主角的惺惺作态。他脸上的表情狰狞可怖，目露凶光，仿佛要用眼神杀死我。此时，他已深知事情不可挽回，因此不再试图挽回我，而是用他的眼神和表情控诉着对我的愤恨。我很清楚他的逻辑：他觉得自己沦落到这般境地，全都是拜我所赐。如果我不揭发他，他就不会落得如此下场，他所有的恨意和怨念，都化成眼中一道道毒箭似的凶光，不停射向我。

我无视他的目光，挺直脊背，被父亲推到原告席，等待庭审开始。

在间接证人做证环节，一位在乌汶帕登国家公园停车场小卖部工作的阿姨走上证人台。她清晰地回忆道，案发当天，她亲眼看到俞晓冬来到停车场匆忙取车离开的场景——“他连后备厢都忘了关，就慌慌张张开车走了。”当六名救援者将我从崖底抬上来时，恰逢救护车赶到。这位出来查看情况的小卖部阿姨注意到，俞晓冬站在人群边缘，神情异常紧张。“因为坠崖者和这个男人都是中国人，”她特别强调，“所以我对这一幕记得格外清楚。”

医护人员做证时则说，他们发现我在俞晓冬面前极其恐惧，仿佛是一个长期被丈夫家暴的妻子。

我的主治医生白大褂向法官讲述了我向他们求救的整个过程，在场的大部分人都屏息凝神，瞪大眼睛竖起耳朵，仿佛在听一部现实版惊悚电影。

前两天的法庭里充斥着愤怒的情绪，最终汇成愤怒之海流向俞晓冬，可任凭海浪如何拍打，他依旧面无表情，好似心如止水，毫无波澜。

我再也无法控制自己的情绪，当庭提出控诉：“我被俞晓冬推下悬崖时，肚子里还怀着宝宝，可现在五个半月的宝宝已经离开人世，他蓄意谋杀的不是一个人，而是一对母子！”

我的代理律师提出两点针对被告的疑问：第一，俞晓冬在我住院期间接受警方询问时，说我是因为低血糖自己掉下去的，那发现我坠落山崖，俞晓冬为什么不去寻找？第二，在我被救援者救出来并送往医院的几个小时内，俞晓冬为什么不主动与我相认？

本来我以为俞晓冬犯罪事实清晰，他应该主动认罪服法，但万万没想到，在开庭第三天的自辩环节中，被告方居然把我们提供的所有证据都推翻了。

-2-

陆慧芳不惜重金聘请了三位泰国律师为俞晓冬进行辩护，据说这三位律师在泰国名头响亮，而且善于无罪辩护。通过他们面前堆着的厚厚一沓案卷材料，可以看出他们做了充足的准备。不只他们三人为一个杀人犯辩护，还有坐在旁听席上的陆慧芳，他们家的亲属、翻译以及他的三个狱友。

他们倾尽全力去救一个杀人犯，而他们的方案就是编织一个全新的谎言。

俞晓冬不但全盘否认我们所有的指控，还像一个说书人一样向法院讲述杜撰改写的故事："那天我带着她去帕登国家公园的悬崖处看日出，临走前我去上厕所，回来就发现她不见了。我之所以忽略她，是因为我被悬崖下方的景观吸引了，于是趴下来欣赏悬崖下的美景。可当我站起来时，发现原本站在我右手边的她消失不见了。我以为她因为被冷落而赌气，自己返回停车场了。我到车上没有看到她，猜测她可能先回曼谷了。"

他在法官面前说话的样子，无论是态度，还是语气，要多诚恳有多诚恳，仿佛又回到了我们结婚前的模样。

法官问他：“你趴下来欣赏悬崖下面风景的时候，有没有听到什么不正常的声音或者响动？”

“当天的风太大了，风声掩盖了其他声音，我什么也没听到。”他回答道。

“那你离开那里以后，怎么又回到帕登国家公园了？”法官又问。

“我回到停车场也没找到她，就以为她一个人回曼谷了。所以我也买了一张飞机票，一个人开车去机场。去往机场的路上，我看到一辆救护车跟我迎面开了过去，我担心是不是她遇到危险，就掉转车头，尾随救护车回到了帕登国家公园。”俞晓冬说。

我的代理律师史律师当庭质问俞晓冬：“既然你回到公园，已经看到我的当事人被救上来，也已经知道她是谁，那你为什么没有走到她的身边，而是选择远远地观望？”

俞晓冬说：“我当时被吓傻了。”

史律师走到我身旁，低声跟我说：“看来他准备捏造事实，对你进行栽赃。”

接下来，俞晓冬所有的自辩验证了史律师的判断。针对我们提供的录音证据，他是这么反驳的：“王暖暖是个极其贪财的女人，不但虚荣守财，而且平时总是担心自己的钱被人骗走，久而久之就有了一些受害妄想症的倾向。例如她总是毫无缘由地认为，出现在她身边的人都是为了她的钱，例如她担心有人杀了她从而继承她的财产，例如她有时会出现幻觉，凭空听见有人辱骂自己……”

法庭里的大部分人听完俞晓冬的讲述，有人畏惧地看着我，有人露出忧虑之色，也有人心疼无比。人性总是倾向于相信那些包装精美的谎言，哪怕再荒诞离奇。俞晓冬和他的律师团队正是抓住了这个人性弱点，不停抹黑我的为人，在这个基础上，他们甚至试图直接推翻我们提供的录音证据。

“我之所以敢当着第三人武元的面，承认把她推下悬崖，只是为了安抚她的妄想症。”俞晓冬继续他的表演，“因为我要是不承认，那她一定会疑神疑鬼，那样对她的手术和治疗都会产生影响。我是出于好心的。再说了，如果我真的犯了法，我怎么可能当着第三人的面承认自己杀人呢？我一定想方设法保守秘密，隐藏自己。人都是趋利避害的动物，杀了人又当着别人的面承认自己杀人，这是违背人的本能和本性的。”

俞晓冬这番诡辩让我作呕，正是这张巧舌如簧的嘴，曾经用甜蜜的谎言将我推入深渊，并搞成现在这副模样。

“我是无辜的，我什么都没有做，也不知道为什么就被警察抓到看守所里。”俞晓冬满脸诚恳地说。他怕法官听不懂，还背了一段泰文。

我示意父亲把我推到法官面前，可我的代理律师史律师先我一步站起身，他朝我微微一笑，示意我不要着急。

只见史律师稳步上前，向法官递交了一份关键材料。那里记载着俞晓冬在中国境内的犯罪记录。俞晓冬跟我说他是那起抢劫案的从犯，实际上他是主犯，不但策划了抢劫的整个计划，而且全程参与实施。更残忍的是，他们作案时为了防止门卫报警，他们用透明胶带把受害人整张脸缠了起来，导致受害人差点因此窒息而死。

法官当庭让法警把我们提供的犯罪记录递交给俞晓冬。他装模作样翻阅了一下，竟声称：“我从没见过这份材料，我不清楚这是什么东西，这不是我提交的记录。”

法官没有深究，转而对其他相关证人进行询问，第一个询问的是陆慧芳。

陆慧芳浑身挂满佛珠与金刚菩提走上证人台，她开口第一句就震得法庭鸦雀无声：“我是一个忠实的佛教信徒。你看我身上挂的都是属于佛的，我信佛四十年了，绝对不会说一句假话。而且泰国是一个佛教国家，如果我说假话，我会不得好死，会被打入十八层地狱。”

她继续说：“那天的情况是这样的，我一进 ICU 就问事情怎么样了，然后王暖暖说她自己头晕掉下去的。这是我亲耳听见的，也是王暖暖的原话……我为我听到的一切做证，如果做假证我不得好死。”

陆慧芳站在证人的高台上，她的上面是法官，台下才是我们。更加魔幻的是，她不停地抖动着脑袋，缠着金刚菩提的手随着说话的节奏不停地挥舞。她为了袒护自己的儿子，睁眼说着瞎话，说得铿锵有力，还字正腔圆地去强调自己佛教信徒的身份，并且把自己的佛串佛珠拿来作为自己的伪证道具，最后声情并茂地立誓。

人性的丑陋、恐怖、扭曲，在那一瞬间被她的誓言以及伪证放大了，整个世界都被她和俞晓冬用邪术放大了，狠狠压向我。陆慧芳也在不断放大自己，她继续跟法官说：“我们家在中国江阴市是数一数二的有钱人家，家里经营着一个模具加工厂，单单一个工厂每年就能给家里带来至少两千万的纯利润，所以我儿子俞晓冬绝对不至于谋财害命。”

法官问她：“你有什么证据？”

陆慧芳没有提供任何房产证明和银行流水，而是从裤子口袋里掏出一张名片，名片上写着陆慧芳是江阴某模具厂的董事长。

陆慧芳走下高高的证人台后瞥了我一眼，仿佛真的变身为一个有钱人了，她带着睥睨的目光，戴着满身佛珠，迈着她所理解的董事长的步子走向俞晓冬。

之后，俞晓冬请来的证人陆续登场，别人可能不知道他们，可他们即便化成灰我也认识，他们是俞晓冬第一次在中国抢劫时的同案犯。

他们证词的内容无非是想证明两点。第一，俞晓冬是个好人。在生活中他是他们的好大哥，孝顺父母，没有任何赌博史，他们每天都在一起玩，也没有任何恶劣的习惯。他们认识俞晓冬的时间比我长，从来没有见过他有任何赌博打牌的习惯，甚至连牌都不会玩。他们认为，把俞晓冬这样一个单纯可爱有担当的好人诬陷成杀人恶魔是不公平的，他们希望法庭还好人一个公平。第二，诬陷好人的人自然是坏人，我就是坏人之一。他们继续添油加醋，把我说成是深度受害妄想症，甚至列举出我做梦都梦不到的情节。

我突然就生出了一种荒诞的感觉，这场庭审好像不在于证据链的闭合，而是想象力的比拼。好似谁更擅长编织故事，谁就能主宰真相的天平。

庭审整整持续了五天。五天来，我的律师团队几乎没有睡觉，他们用实打实的证据对抗着对方天马行空的想象力。虽然他们的职业素养要求他们必须拥有稳定的情绪，但他们还是被俞晓冬的谎话气得要死。如果不是律师，他们宁愿跟俞晓冬展开当庭决斗。

愤怒之海在我们面前翻滚着，一直翻了二十多天，直到宣布判决结果那天它才停下来。参加庭审的人在法官的要求下全部起立，而我则是例外，由于我的身体原因，法院允许我坐在轮椅上。可我却双手拄着拐杖，从轮椅上站了起来，父母知道我只能站立五秒，他们一左一右扶着我。

我却对他们说："我行的。"

法官用泰语念着判决书，念着俞晓冬的罪名。五秒钟过去了，我的腿开始发抖，双臂因为无力承担巨大的重量也跟着发抖。我咬牙坚持着，我告诉自己，我不但要站起来，而且还要站着听完结果。

俞晓冬的目光从我身上滑过，我能感觉到他有些畏惧了，畏惧也能让人发抖。在我印象中，这是俞晓冬第一次发抖，尽管抖的动作不大，但还是能用肉眼看到的，他像被风掠过的树叶般瑟缩着。

法官念完判决书，法庭上突然响起了掌声和欢呼声，我的律师团队击掌相庆。

张秀兰阿姨告诉我："俞晓冬蓄意谋杀他人罪名成立，无期徒刑即日生效。"

听到这句话，我的心终于落定。而我的双腿再也无法支撑，一屁股坐在轮椅上。父母蹲下来抱着我，母亲哽咽起来，父亲拍着母亲的肩膀，安慰母亲。

我昂起头盯着俞晓冬，他的脸色煞白，双眼通红，但是大概只过了半分钟，他就恢复了淡定。

他先向法官礼貌地作了个揖，然后走到法官的面前，他用泰语说："这件事情从头到尾我都是冤枉的，我根本就不知道当天发生了什么事情，也不知道她为什么掉下了悬崖，更不知道我自己为什么会被作为被害人关进了监狱。我对这个判决结果表示不服，我要求上诉。”

我的代理律师问我：“俞晓冬什么时候学的泰语？”

我说：“我不知道。”

代理律师说：“俞晓冬的泰语水平相当于母语级别。”

我知道代理律师话中有话，他是想告诉我，俞晓冬在狱中提前找人写好这段话，并且背诵下来，以便在判决输了以后向法官求情，进行上诉。

俞晓冬继续跟法官说：“这个女的满嘴谎话，不要相信她。你们都错怪我了，你们觉得女生都是弱小的，所以你们都同情她，你们都错了，我才是受害人。”接下来，俞晓冬继续控诉着，我一个字都不想听。我静静地坐在那里，仿佛触碰到了一种久违的宁静，就像小时候一直渴望见到的大海，波浪推着波浪，层层叠叠，波浪涌向礁石，激起的浪花在太阳的照射下，透明又晶莹。法官敲响法槌后，海浪平息了，大海上波光粼粼。

陆慧芳不顾一切冲向我，被法警拦下后，她开始骂我。她说：“所有的错全是你造成的，我儿子一点错都没有，就是因为你太有钱了！你用你的钱勾引我的儿子犯罪，所有的罪孽都是你造成的，你活该，你就是该死！”

面对她的无端指责，我没有说话。俞晓冬走到今天，一切都是他咎由自取。他的父亲嗜赌成性，一辈子都没上过班，全靠陆慧芳养着。俞晓冬也继承了他父亲这种错误的观念：爱我就给我钱，否则就是不爱我。他找到我以后就像找到一棵摇钱树一样。因为我有钱，又能挣钱，全家就抱着我这棵树不撒手，恨不得吃喝拉撒、衣食住行，都让我买单。

可我不会再给他们买单了。

-3-

父亲租了一辆车，拉着我和母亲沿着蜿蜒的山路，到了帕登国家公园。一方面，我想当面谢谢救助我的人；另一方面，我想看看坠崖现场。警长跟我讲，案子结了，是时候整理好过去，再一次出发了。整理过去的最佳地点就是坠崖现场，我之所以能活下来，是因为坠落时正好砸在一棵只有碗口粗的树上，如果偏差一点点，我就死了。

其实，我是不敢去事发地的，我心里有着巨大的阴影，一直心怀恐惧。可是警长说得对，我应该整理好过去，战胜这种恐惧，重新出发。尽管心里战战兢兢，我表面却装作若无其事。

为了找到那棵树，我和父母都伸长了脖子，朝悬崖下看。足足有34米高的崖壁呈90度直角，由于地壳长期演变，一部分地壳上升，一部分地壳下落，最终形成了断壁悬崖，所以构成崖体的石头都是光滑而坚硬的岩石。按道理讲，这种垂直的岩石切面上是不可能有树生长出来的，可不知道为什么，有什么神奇的自然力量促使一棵小树冲破石头缝隙，从悬崖断壁上伸了出来，单单一棵，独自伸展。如果说我往前多走半步，或往后多走半步，那我坠崖时可能碰不到这唯一一棵长在悬崖峭壁上的小树，也没有任何的力量能减缓我下落的加速度。这株小树从崖壁石头缝里生长出来本就神奇，不偏不倚刚好作为我下坠的缓冲也很神奇，平时没有人来的地方刚好有人迷路看到了我，让我及时得到了救援，这仿佛说明：冥冥之中有一种神奇的力量让我奇迹般地活了下来。

下午两点多的太阳明晃晃地照在悬崖上，看的时间长了，眼前就出现了暗影，明明暗暗，恍恍惚惚的，我看到一个女人躺在悬崖下。

她也看见了我，她问我：你是谁？

我说：我是一年后的你。

她有些激动地说：这么说，我活了下来！是谁救的我？

我说：是一个迷路的驴友！他发现我浑身是血，怎么叫都叫不醒，就去找景区的人。他把大概位置给了工作人员就走了。我找过警方和新闻媒体，希望他们能帮我找到这个救命恩人，但他们没找到人。

她又问我：俞晓冬呢？

我告诉她：俞晓冬蓄意杀人罪成立，被判了终身监禁。

我很清楚她会哭出来，她对他情到深处，他却对她痛下杀手；我也清楚她的眼泪代表着什么，里面有委屈，有不甘，但更多的是把“渣男”绳之以法的如释重负；我更清楚，一个巨大的块垒堵在她的胸口，她快要窒息了，所以她需要一股巨大的力量砸碎胸口的大石。

她在哭，静静开花，静静飘落，这是她的宁静。微风吹过，她抬起眼皮直勾勾看着我，她不哭了，她说她哭够了。她问我：这一年之中都经历了什么？

我没有直接回答，而是反问她：你能忍受蚀骨的剧痛吗？你浑身上下所有的骨头，断的断，碎的碎，你的身体里面全是钢板和钢钉，你能忍受吗？

她说：我不能。

我问她：你能接受赤身裸体躺在病床上，身上只盖一张床单，清创时人来人往被围观吗？

她说：我不能。

我问她：在别人眼里，你成了一个彻头彻尾的怪物、一个被社会抛弃的残废、一个被丈夫谋杀的女人，别人都看不起你，不待见你，都远远地躲着你，你的自尊心能承受吗？

她说：我不能。

我问她：以前你是高高在上的老板，你是被众星捧月的女强人，现在你变成了一个废物，连拿外卖的能力都没有，30 岁了还要父母伺候，这种耻辱你能承受吗？

她说：我不能。

我一边哽咽一边说：为了活下来，我吃药毒死了五个半月的宝宝，他生出来的时候不会哭不会叫，直接让人丢进了医用垃圾袋，从而阴阳两隔，你能承受吗？

她开始号啕大哭着说：我不能。

我的眼泪流下来，我用尽全力喊道：我能，而且你必须也能，因为我是一年后的你。

我在悬崖上面哭，她在悬崖下面号叫。忽然间刮起了风，树枝摇曳不止，风吹着她，也吹着我，仿佛要把两个世界的一切都连根拔起，以至于我看不见她，她也看不见我，但我能听见她的号叫声。后来，风停了，她也停止了哭，开始发问。

她问：我们还能站起来吗？我们还能像正常人一样走路吗？我

们还能穿漂亮的碎花裙子吗？我们还能穿马靴吗？我们还能冲浪吗？

我说：我能。

她问：我们还能骑最快的马，吃最辣的菜，登最高的山吗？

我说：我能。

她问：我们还能东山再起吗？我们还能让那些看不起我们的人被啪啪打脸吗？我们还能成为霸道总裁吗？

我说：我能。

她的眼里闪烁着泪光，又问道：我们还会见面吗？

我说：当然能。因为我是一年后的你。

她躺在悬崖下面，似乎还有无数个问题想问，可她已经张不开嘴了，就比死人多一口气。我的眼前一花，她就消失了，仿佛来过，也仿佛没来过。

母亲问我："看到了什么？"

我说："是过去！嗯，过去，永别了。"

母亲问我："能不能把泰国的房产都处理掉，以后就不回来了？"

我说："我能。"

第九章

灵魂暗夜

-1-

庭审期间恰逢新冠病毒暴发，泰国到中国的航班全面停飞。被困他国的同胞们一致要求增加航班，一个月后，我们一家终于登上曼谷飞往上海的班机。

一下飞机，我们就被身穿白色防疫服、头戴防毒面具的工作人员引导上了大巴车。听工作人员说，我们将被隔离在一家酒店里，未来二十八天不能外出，而且每天要做三次核酸检测。按规定是一人一间房，由于我的身体还没有完全恢复，防疫办也给了我一些特权，让我跟母亲同住。一日三餐由防疫办统一配送，吃喝拉撒都在房间内。

酒店紧靠机场，每隔十分钟就有一架飞机从头顶飞过。以前我看见飞机总有一种离开家向外走的冲动，因为它能带我去往我想去的地方，可我现在只想陪在父母身边。还有一个更重要的原因，国字脸医生跟我说，不会走路的站立是没有意义的，只有重新学会走路，属于我的自由之花才会绽放，而走之前必须学习抬腿和出腿。

正常人走路的节奏是左右左右，但是我的腿部肌肉早就失去了记忆，它根本不听我的使唤。我的脑子下命令说左腿抬抬抬，它就是一动不动，所以我不得不用双手抱住腿往高抬，甚至使出吃奶的力气不停地掰腿。

隔离第一周，我一有空就做抬腿训练，我累的时候就换母亲帮我抬，慢慢地它终于对我有了一丝反应，尽管反应还有些迟钝。

抬腿后就是出腿，出腿我也练了好久。左腿慢慢落在地上，以左腿为支撑腿，再出右腿，可每次我只能走一步，因为左脚根本无法支撑全身的重量，疼得要命。

于是，我给国字脸医生打视频电话，他十分严肃地警告我，马上停止康复训练，等隔离结束再说。

等到隔离结束，我再次回到医院，无论我怎么拼命做康复训练都无法学会走路，换来的却是左腿越来越疼，有时还会引发左半边身体的持续疼痛。

那是一种忽远忽近的疼痛，有时在身体上，有时又远在天边。

一天夜里，当我疼得直抽冷气时，史律师的电话突然打进来："俞晓冬上诉了。"

瞬间，我的心一咯噔，感觉自己被他拖进了另一个深渊，因为我必须应诉。想来想去，我笑了，何苦呢？他要是认罪服法的话，这个事就翻篇了，但他还要垂死挣扎。

就这样，一个谋杀宿主的寄生虫垂死挣扎地想要再次进入宿主的世界，他躺在地面发霉的牢房里，幻想着纸醉金迷的生活，而我这个宿主需要做的就是把他死死钉在牢房的地面上。

日子过得既快又慢。快，是因为每天都在做同样的两件事，康复训练和准备二审应诉；慢，是因为左腿疼痛又加剧了。当初医院的人跟我说，伤筋动骨一百天，结果我眼巴巴地等了一百天也没好；人家又说，我伤得比别人严重，可能要等半年，我又眼巴巴等到满六个月；最后他们总结道，你的伤属于少数情况，一年是极限，一年一定能长好，然后我又眼巴巴地等了一年，结果骨头仍然没有愈合。

我还是不能站立和行走。

江南的冬天铺展开来，整座城市浸在阴冷的雾气里。某天，我在枯枝萧索的秦淮河边，看见一个高位截瘫的女人。她蜷在轮椅上，瘦骨嶙峋，双眼无光。那一瞬间，我仿佛看见了未来的自己。我很悲伤，但没有绝望，我决定换家医院试试。

另外一家骨科医院的医生照旧把我推进了核磁共振检查室，他们一下就发现了问题。

医生说："你左腿主骨里有一颗钉子阻碍了愈合，甚至把你的骨头都给磨碎了。"

这时我才知道——在过去一年里，我拼命地想要站起来，可我压根就不具备站起来的条件和资本，我只是用强大的意志对抗疼痛不断练习走路。以至于他们在核磁里看到，所有的钉子基本上处于半脱落或即将脱落的状态，断骨严重错位，两个端口已经分开。所以，他们不能理解我每天是怎么练习走路的。

"其实就是一坨肉，里面根本没有骨头支撑，连旁边的一个小钢板也已经快被你折腾断了。"医生推了推眼镜，问我，"我实在想不通，是什么让你忍着剧痛，在没有骨头支撑的情况下练习走路的？"

“就是无知罢了，”我苦笑着摇头，“我真的太想站起来了。”

医生叹了口气：“难道你不疼吗？”

“疼，每天都疼得死去活来，”我攥紧了轮椅扶手，“但我总跟自己说，我必须站起来。”

“幸好你来得及时，否则后果不堪设想。”医生的声音突然严肃起来。

他详细解释着可能的灾难性后果：我可能在某次练习走路的过程中，左腿里面的螺丝突然脱落，钢板可能断裂或者掉下来。骨头本来就已经上下不接了，整条大腿会在一瞬间折掉，就像一根筷子被人拦腰折断，然后血溅当场。到了那个时候，别说保住腿继续走路了，能否活下来都是个未知数。即便活下来，也要高位截肢。

听着这番描述，我忍不住打了个寒战，我问他：“医生，我还有救吗？”

戴金边眼镜的主治医生大概四十多岁，长得虎背熊腰，说话却是柔声细语。他跟我说：“办法倒是有，但这个方法风险系数极高。”手术方案是把我的左半边身体沿着原来那一长条伤口全部切开，拆掉所有的螺丝和钢板，再把已经磨碎的骨头通通清理掉。最关键的一步，是要从我的腰部取下一块巴掌大的胯骨，磨碎后提取出骨生长因子，填进左腿，再用钢板和钉子重新加固，最后将伤口缝合。

随着他的描述，我已经感觉到伤口开始疼痛，我问医生：“手术的成功率是多少？”

金边眼镜医生说：“由于情况复杂，我不能保证手术成功，也就是说，手术失败的可能性也是有的。”

换言之，他们需要切开我的伤口，观察里面的情况，因为他们不知道泰国医生给我用的是什么材料，那些材料有没有生锈或者发生腐变。如果生锈或发生腐变，就必须重新清创。因为我的左腿上有一条巨大的伤口，它从小腿一直向上蜿蜒到腰部，形如喜马拉雅山脉，它跟小创口又不一样，不能长期暴露在空气中。如果发现情况严重，为了保住我的命，他们只能给我快速缝合伤口，也就是说根本没有时间填入骨生长因子，甚至没有时间重新加装钢板。

“那不就没戏了吗？连救都不用救了吗？”我问。

金边眼镜医生点点头，说：“你可以这样理解，我们去菜市场买筒子骨，只要是新鲜的骨头，它就有愈合能力，因为骨头里面的神经在动。人的身体也是一样，新鲜的伤口，别看它断了，可它的神经还是活着的，它还是有一定的生长度的。但是你的骨头不一样，它已经断裂一年了，神经已经失去了生长度，重新粘在一起，能不能连成一根完整的骨头是一个未知数。”

那天下午，温柔的金边眼镜医生用最温柔的南京话，向我描绘着可怕又不可预知的情况，听得我浑身的汗毛都竖了起来。最后，他将做不做手术的选择权交给我。

我没有立刻下决定，说：“我回家考虑考虑。”

回家的路上，我和母亲被大街上的人群吸引了。大家虽然戴着口罩，但难掩欢乐与祥和。父亲说，好久没见过这番光景了。我才意识到今天是2020年的最后一天，人们欢天喜地地跨年，而我却只能坐在车里看，无法参与其中。街上的人和车越来越多，有些地段甚至排起长队，热闹的气氛随着此起彼伏的鸣笛声弥漫开来，可惜这份热闹与我无关。

路过国字脸医生所在的私立医院时，我跟母亲说："如果他们早点发现问题，那我可能还有救。"

母亲却说："一切要往前看。"

我窝在母亲的怀里，没有一丝力气，在伸手不见五指的阴冷城市里，大雾弥漫着。忽然之间，我发现我们迷路了，连导航也救不了我们。车子走走停停，停停走走，绿巨人从广告牌里跳出来，突然伸出巨大的手把我拉出车子，最后扯下我的双腿放进嘴里，嚼了起来。

-2-

我一天不签字，一天就上不了手术台，不上手术台就不会出现任何危险。即便不能正常走路，我也可以用轮椅代步，至少我还是完整的自己。可一旦签了字，我就会被送进封闭的手术室，我不知道要面临什么，但十有八九会被绿巨人扯下双腿，最后高位截肢。

春节前，亲朋好友都过来看我。我坐在轮椅上陪他们吃饭、打牌，他们见我把轮椅耍得团团转，就不建议我手术，一是因为风险极大，二是因为现在医学发达，指不定未来有一天就会出现更先进的技术。

晚上我又做梦了，我梦见一个身穿白色连衣裙的女孩子在风中跳舞，我还梦见我的轮椅长出了机械翅膀，它带我飞上云端。梦醒以后我就失眠了，我盯着轮椅看了一遍又一遍，看起来我似乎得到一种自由，但是我知道这种自由它不是长久的。因为我已经知道了骨头的问题，就算不面对它，它也一直存在。其实，我还是有野心的，我一直想着未来有一天我不但能真正地站起来，还能继续拥有自己的事业，东山再起。

纠结了大概一周时间，我才同意签字。手术定在春节前，南京史无前例地下了一场大雪。我住的病房有一个巨大的落地窗，我站在落地窗前，感觉自己好像进入了异时空。窗外下着鹅毛大雪，所有事物全都顶着雪，人类藏在厚厚的羽绒服里，颤颤巍巍地走在雪地上，仿佛一只只毛茸茸的北极熊穿越北冰洋来到了南京。我在开着暖风的病房里，穿了一身单薄的条纹病号服，和这个世界格格不入。

外面在过一个世界，病房里面在过另一个世界，只有进医院探望的家属才可以在两个世界中自由穿梭。而我就像被封印在这个世界一样，无法自由出入，也无法自由行走。我似乎失去了所有感知能力，感受不到雪，感受不到那种寒冷，感受不到真正的冬天。我活在一个被空调罩着的罐子里，既荒诞又绝望。

手术前，主刀大夫问我："你在泰国乌汶的医院做手术时，用的是什么型号的钢板和钢钉？我们需要知道准确的型号，才可以给你准备相对应的手术方案和工具。"

我提供不了，于是托人前往乌汶当地的医院去问。遗憾的是，他们也没有保存完整的病案手术记录，所以没有给出准确的回复。

无法获悉钢板和钢钉的型号，也就意味着不符合医院的手术规定。因为我的皮肉一旦被手术刀划开，如果发现钢板和钢钉是我国没有用过的，或者是他们没有见过的，而医院里又没有取下钢板和钢钉的配套工具，那就只能再把我的伤口缝合回去。对我来说，这是一种不可逆的伤害。

住院前，我对手术充满着恐惧，但住院后，我却无比渴望手术，希望它能给我带来转变，让我重新站起来。

主刀大夫也希望我不要囿于过去，他在征得我的同意后，做了一个大胆又冒险的手术方案——就是在不清楚我身体里面植入的钢板和钢钉型号的情况下，直接开始手术。为此，他把整个医院里所有的手术拆装零件的设备和工具，全部都运到了手术室里。同时，他也做了大量调研，根据国内外的历史病例，准备了详尽的手术方案和尽量全的配套工具。

手术前，主刀大夫跟我说："我已经做好了所有我能做的准备，手术能不能成功，就看天意了，我们一起拼一把。"

相似的手术，在泰国乌汶用时十一个小时，在这里却只用了六个半小时。我的左腿被剖开后，肌肉组织、神经和血管全部暴露出来，就算在无菌的环境也是有风险的，因此主刀医生必须在最短的时间里填入骨生长因子，加固新的钢板和螺丝，然后迅速缝合，相当于帮我把潜在的风险降到最低。

我醒来时，看到金边眼镜医生背着手，和几位护士站在落地窗前看雪。他们来了很久，一直在等我苏醒。

医生扶了扶眼镜跟我说："手术是成功的。但是我们几个主任医生经过商议，决定将加固钢板更换成钛合金材质的。主要是因为钛合金不会生锈，也不会腐变，它可以跟随你一辈子。另外，我们发现你的主骨质量比正常人差，如果后期把外面的钢板和螺丝拆除，一旦遇到强大的外力，骨头可能再次折断，再断就永远接不上了，我们希望用钛合金增强骨头的强韧度，可以保护你一辈子。"

不过，钛合金也有弊端，由于我的左腿创面巨大，肌肉大量坏死，肌腱严重撕裂，甚至连臀部肌肉都已萎缩。医生坦言，像这种开放性的巨大伤口，普通人一生只能承受一次，而我已经承受两次了，早就超过一个人能够承受的极限了。也就是说，装上钛合金容易，想拆除却难比登天。更要命的是，一旦装上钛合金，未来就无法再更换股骨头假体，因为假体股骨柄必须融合在下面的骨头上，而那个位置已被钛合金占据。所以只能期待医学和科技的发展，人类将来能找到一些更好的方案。

我问他："为什么要更换股骨头假体？"

医生解释，我的股骨头在坠崖时已经彻底摔断，在泰国乌汶的手术中，主刀大夫给我打了三根钢钉，把股骨头接上了。但由于当时的手术程度复杂而烦琐，而且我处于濒死状态，再加上泰国边境的医疗条件有限，主刀大夫在手术过程中出现重大医疗事故——三根钢钉插进股骨头的断面，但其中一根钢钉由于力度过大，直接击穿了股骨头的头部，换言之，就是股骨头的滑膜被击穿，导致软骨损伤，股骨头濒临坏死。这就是为什么我的髋关节一直疼痛，发力困难，无法正常行走的核心原因。股骨头是个支点，乌汶的手术失误会导致我的股骨头使用寿命减少，逐步坏死。一旦坏死，就要更换假体。

我对此感到震惊，也心疼我的股骨头，但转念一想，在当时那种危急关头，我能活下来已是万幸，又怎能去苛求手术的精准度呢？

医生告诉我，从我身体里取出来的所有钢钉和钢板，都是我国上世纪五六十年代用的材质。而我在泰国乌汶做手术是2019年，这意味着，泰国边境的医疗水平落后于我国约六十年。

我听完心里咯噔一下。泰国的医院能在那样艰苦的条件下把我救活，已经堪称医学奇迹。虽然他们在手术过程中出现了医疗事故，钢钉击穿股骨头滑膜，导致我的股骨头受损，但是在那样的医疗条件和背景下，他们已然竭尽全力了。因此，我心里并没有生出怨恨，反而是坦然地接受，并且感恩他们在第一时间全力抢救了我。

遗憾肯定是有的。如果我的股骨头滑膜没有被击穿，或许我能少受些罪，也能早一点站起来。但是转念一想，人生本来就没有那么多完美，所以我又能坦然接受这些事情。这些经历真实地出现在我的生命里，也引发了我的很多思考。

术后躺在病床上看雪时，我不禁从泰国边境的医疗想到了他们的治安和刑侦技术。他们第一时间抓捕俞晓冬时，居然没有没收他的随身物品和电子产品，反而把他的手机和证件都交给了他母亲陆慧芳，还让母子俩在囚车内独处交流，这才导致了后面的一系列闹剧。当时，我感到愤怒且不能理解。

但是在手术后，听金边眼镜医生说那些钢钉钢板落后于我国六十年，我突然释怀了。是的，我不该苛责他们。即便各项技术落后，但是他们却很淳朴。像我这样的坠崖案，在泰国边境乌汶前所未有，他们没有应对措施也情有可原。事实上，他们已经给了我最大的关爱和善意。如果没有他们，我可能早就死了。

如果我真的死了，以乌汶的刑侦水平，绝对不会有人怀疑这是一个谋杀案件，那我就是一具来历不明的尸体。他们捡到我的尸体后，甚至不可能去做先进的 DNA 比对，比对也比对不出我来自何处，因为普通国外游客信息并不在库。

这么一想，我彻底释怀了。我要感谢所有的主治医生，他们给我做的这些手术、翻修和订正，已经是在当时那个环境下能够达到的极限了，我不能再去奢求更多。其实，我遇到的每一位医生，白大褂、国字脸医生，包括金边眼镜医生，他们对我的每一轮手术和翻修，在当时那个条件下都是成功的，已是我能达到的最好状态了。

落地窗外的雪渐渐停了，积雪开始消融。给我换药的护士说："雪一化，春天就来了。"可我的骨头似乎并不急着迎接春天。

术后复查显示，骨愈合异常缓慢，金边眼镜医生也束手无策。几个专家联合会诊后，要求我卧床六个月。医生还特意叮嘱我：一步都不能下地，吃喝拉撒都在床上。

躺在特制的病床上，我像个饱经风霜的老病号。卧床对我来说再熟悉不过了，毕竟坠崖之后的大部分时光都是在床上度过的。但这次与以往不同——以前是浑浑噩噩、惶惶不安，不知未来会怎样；而这次，只要熬过这六个月，我就能真正站起来。

我满怀希望地迎接这个春天，甚至和这张特制病床结下深厚的情谊。有天夜里，我梦见特制病床拥有了防弹坦克和潜水艇两种形态，我驾驶着它穿越枪林弹雨，在马里亚纳海沟里深潜。我看见子弹在床外带着风声划过，还看见五颜六色的鱼群在大洋深处自由地穿梭。虽然身体囿于病床，但我的思绪却能穿透所有介质，抵达宇宙任何角落。

人一旦有了盼头，看什么都顺眼起来，就连因卧床带来的羞耻感和卑微感也渐渐淡去。我仿佛在用行动告诉父母：你们再照顾我半年，我就能守护你们的后半生。尽管我知道父母对我的爱是无私的，他们从未想过获得什么回报。于是，我大声跟父母提出我的要求，我说我要擦澡，我要喝酸奶，甚至后半夜叫醒父亲说，我想吃榴梿。

我满怀希望地过了两个月，骨头却迟迟不见生长，依旧没有骨愈合的迹象。金边眼镜医生每天都来查房，总是说："再等等，我们一起再等等。"等待最是煎熬。渐渐地，我不再做那些天马行空的梦，想象中的防弹坦克也蒙上了灰尘，上面挂满了蜘蛛网。羞耻感像梅雨时节的玄武湖水，悄无声息地上涨，不知何时就会决堤。我不再提擦澡、喝酸奶和吃水果的要求了，不是不敢说，而是羞于启齿。

某个深夜，我在梦中去了平行世界：坐在智能马桶上，我撒出人生中最舒展最畅快的一泡尿；我泡在浴缸里，仿佛一条鱼在深海里自由潜行；我带着儿子在别墅前的草地上摸爬滚打，我的鞋上装着能够喷气的车轮，想去哪里就去哪里。

有时，希望就像黑暗中的一团天光。天光亮起，又被磨灭；再度亮起，再次被磨灭。它起起伏伏，最终越来越暗。就像从空中坠落，慢慢地，我又落到了谷底，心里也被掏空了。我渐渐变得沉默寡言，吃得越来越少，睡得越来越多，我觉得自己变成了一个废物，只比一具尸体多了一口气。

以前，我以为人只有死后才会下地狱，后来才发现，地狱也可能存在于人间，人不用死就能体验到地狱般生不如死的生活。我曾经是一个热爱生活、热爱运动、热爱工作、喜欢创造的人，像一只自由翱翔的鸟儿，尽情探索着世界的每个角落。然而，一场坠崖改变了一切——我失去了站立、行走、奔跑的能力，连最基本的吃喝拉撒都要在床上完成。就连下楼晒会儿太阳，也需要父母合力把我抬起来，一番被动穿戴后被推出门。以前如此简单的事情，对现在的我来说已经是活动的极限了。这种无望的人生，这种被困在躯壳里的生活，让自由的灵魂备受煎熬，比死亡更令人窒息。

身体健康时，我可以饿了就吃，渴了就喝，但对卧床瘫痪的我来说，这却成了奢望。有天夜里，我迷迷糊糊感到饥饿，意识逐渐清醒，饿意也越发强烈。我的手臂所能触及的范围内，没有任何食物。床边不远，视线所及的桌上放着一包苏打饼干。我用尽了各种办法，却始终够不到饼干。我实在不忍心叫醒父母，他们长期操劳，睡眠质量本就不好，大半夜被叫醒后，恐怕很难再次入睡。就这样，我只能眼睁睁看着那包饼干，泪水先是无声滑落，继而化作失声痛哭。那一刻，身体的饥饿、无能为力的悲哀、自卑与无望交织在一起，内心无限悲凉。

就在我心力交瘁，对未来深感绝望之际，一则更残酷的消息如惊雷般劈下，将我原本就千疮百孔的生活劈得更加支离破碎。

2021 年 4 月 29 日晚上，泰国代理律师史律师打电话告诉我："二审改判了，俞晓冬从无期徒刑改判为有期徒刑十年……"

史律师话音未落，我的泪水已经止不住地往下掉。这个消息如同黑洞，将我最后一丝生气也吞噬殆尽。

-3-

救护车的警报灯照得病房窗外的树叶幽幽泛蓝，它在"呜哇呜哇"叫着，而我在哭。

父亲从我颤抖的手中接过电话，史律师的声音从听筒里传来："判决结果只是口头宣布，并不知道具体改判原因，等法院正式的判决文书下来才能确定。”

史律师推测，可能二审的中级法院认为证据不足，不构成蓄意杀人罪，所以从无期减到了十年有期。

父母强忍悲痛安慰我，等拿到正式判决书，我们看看判决书上俞晓冬到底提供了什么关键证据，到时候我们可以逐条反驳。父母的话给我续了一口气，我又靠着这口气艰难地支撑了一个月。

2021 年 5 月 25 日，我从手机上看到了判决书，但是判决书上只有冰冷的改判结果，将俞晓冬的罪名从“蓄意杀人未遂”改为“无预谋杀人”，却没有给出改判理由。

从一审到二审，俞晓冬一直没有承认犯罪事实，坚持无罪辩护。而泰国有一项法律是专门针对无罪辩护的，如果认罪服法，就能减轻一半的刑罚，以此鼓励那些认罪态度良好的嫌疑人；但如果嫌疑人拒不认罪，并且被法院认定犯罪事实存在，是要重判的，以此达到以儆效尤的目的。蹊跷的是，俞晓冬的律师团队并未提交任何补充证据，法院却在这种情况下改判，文书上也没有给任何理由，我接受不了这个结果。

二审没有开庭，只是书面审理，所有交锋局限在双方律师的文书来往。我和律师团队原本认为，俞晓冬的犯罪事实已经非常清晰，二审很大概率会维持一审的宣判，所以一直期待结果早一点下来。没想到却等来了这样的宣判。从出事到现在已经两年了，仿佛一切重新回到了原点，前面所有的努力和付出都白费了，我又要重新去打这场官司。我给代理律师打了律师费，让他们准备材料上诉。

此刻的我心神不宁，已无法安心躺在病床上，执意要出院，谁劝也没用。救护车“呜哇呜哇”地开进我家小区，医护人员把我抬上楼。

一天夜里，小区突然着火，父母匆忙起床去查看情况。我听见楼道里此起彼伏的喊叫声，夹杂着慌乱的脚步声。在混乱中，我听到父母说："是楼下的电瓶车电池老化，充电时自燃了。等大家发现时，火势已经迅速蔓延开来。"

我迷糊中醒来时，看到火光已经包围了我们家窗户，空气中弥漫着大火烧焦的刺鼻味道，浓烟滚滚，倒灌进我们的房间。外面火势凶猛，火海似乎要将整个世界吞灭，这种骇人的场面我只在电影里见过。本能的恐惧让我立刻想要逃生。父母一边叮嘱我赶紧穿好外套，一边商量是往楼顶上跑，还是往楼下冲。

那一瞬间，我坐在床上，无比清醒。我们住的老小区车多路窄，消防车根本开不进来，只能开到大门口拉管子。此时火势越来越猛，逃生时楼道里必定乱作一团——即便是年轻的健全人也可能被推倒踩踏，何况年迈的父母还要背着我逃生？这怎么可能做到呢？想到这里，我停下了系外套扣子的手。我非常害怕，内心充满了恐惧，但我更清楚：父母如果不带上我，是有机会逃出去的，带着我基本没有可能冲出去。

那一瞬间，我静静地望着门口，深深的无力感席卷全身。

本以为自己度过了最黑暗的坠崖抢救时光，剩下的都是好日子，如人们所说："大难不死，必有后福。"没想到又要经历生死考验，又要经历同样的恐惧，我不禁问：为什么要我再次经历这些？没有答案。

我决心留在这里，不逃生，平静地接受一切。

在我做决定的时间里，我的父母并没有催促我，也没有背我逃生，而是扛起家里的水桶参与救火。在一众邻居和消防员的共同努力下，大火终于熄灭，虚惊一场。

我瘫坐在床头，长舒了一口气。刚才百般纠结，方才那短短几分钟的抉择，漫长得像一个世纪。漫长到我几乎没有在意父母在说什么、做什么。我的眼里只有那火光、浓烟，时间仿佛静止了，所有的感受和恐惧都被放大。我唯一能做的，就是冷静地思考和决定自己的生与死。

后半夜，参与救火的父母已经疲惫不堪，沉沉睡去。而我却辗转难眠，内心久久不能平复。无法走路，就意味着没有希望，这种看不到希望的日子，真的还有必要坚持下去吗?

我有时候会想，即便俞晓冬犯下滔天罪行，也只不过是坐牢而已。坐牢只是失去人身自由，至少身体还是健康的，行动还是自如的。未来总有刑期结束的一天，还是存有盼头和希望的。而我呢?虽然没有坐牢，却被束缚在床上和轮椅上，这和坐牢又有什么区别呢?我日复一日地忍受着身体的疼痛，更可怕的是，未来没有盼头，更没有希望，不知何时才是尽头。这种折磨让我越来越痛苦，身体的疼痛加上人生的挫败感，正在一点点消磨我活下去的勇气。生不能好好生，死又没死掉，我只能在生与死之间，忍受着地狱般的折磨，度过一个又一个漫长的日夜。

自从二审判决文书下来，连续几天，我吃不下也睡不着，重新拼起来的完整身体好像又散架了。我高烧不退，而且出现了并发症，不得不再次回到医院。

金边眼镜医生看着检查报告，说我的病是心病，是巨大的情绪打击引发的连锁反应。他给我开了长长的处方单子：有稳定情绪的药，有提高免疫力的药，也有消炎的药……装了满满两大口袋。

可是，药喝进去又吐出来，吃什么吐什么，身体开始罢工。我一天比一天不爱说话，大部分时间也无法思考，精神状态比我在悬崖底下还糟糕。尽管崖下的我一动也不能动，但我还想活下去，我还有遗憾和梦想，可现在的我好像什么都没有了，一切对我都是浮云。

我的律师团队每天都在开会，制订上诉方案，写上诉状。至于上诉后的事情，我没想过，也不敢想。

父母已经年纪大了，他们也接受不了二审的判决结果。有时候，我真担心他们会因为我的事而倒下。

据传中国古代有一种特别残酷的刑罚，叫水刑。犯人的头被固定，头顶上面悬着一个水桶，桶底凿了一个小眼，让水慢慢滴在犯人的头顶上。一开始，犯人并没有什么感觉，慢慢地犯人觉得水滴越来越重，直到头部溃烂，水滴开始穿透犯人的头骨，犯人因疼痛难忍而死。我想我也在承受着这样的刑罚，经历了一轮又一轮打击，一滴又一滴的水砸在我的头上，虽然我曾是个有强大精神力的商人，但自从被丈夫推落悬崖到在医院的惊魂九日到法院公诉，再到没有飞机愿意把我送回祖国，还有回国后找不到医院，再到失去陪伴我五个多月的宝宝，再到一审、二审，发现左大腿的医疗事故，手术后骨头未如愿生长……我的头顶早已禁不住水滴的重量，仿佛每一滴水都有千斤之重，每一滴水都足以把我砸进深渊。

我的意志是在一滴又一滴的水落下时被一层一层消磨的，让我进入抑郁的导火索是收到二审判决文书，而接下来的重大事件让我进入了深度抑郁。我的三家公司在疫情期间先后倒闭，坠崖之后，住院和手术的费用加到一起花掉了数百万，而我的大部分资金都投到了公司里，也就是说公司倒闭后，我不但失去了经济来源，而且变成了一个穷光蛋。

然而，我的律师团队不知道我已经破产了，他们继续向我要钱，跨国案件，各种取证、翻译、公证、差旅费用极其庞杂。说白了就是，不拿钱他们就无法继续帮我上诉。

朋友和父母劝我放弃上诉，可我对他们所有人，说不。我开始筹钱，可是房子卖不掉，借钱借不到。仿佛就是在一夜间，所有的希望都破灭了。

刚开始，我还能意识到自己的精神状况不大对劲，只是觉得这个世界是黑暗的，没有正义，更没有公平，为什么一个丧心病狂的杀人犯得不到罪有应得的审判呢？后来，我觉得这个世界的黑暗汇聚成一片黑云，黑云压顶，而我一个人在黑暗中行走，孤立无援。我的身体早就陷到了谷底，现在又陷入沼泽，身体在泥土中不断下陷，离地面越来越远，被人活埋。

再后来，我的思维开始变得混乱。我感觉自己一无是处，是我连累了父母，也给他们带来了麻烦。如果没有我，他们一定是无忧无虑的，没事就出去旅游，再学个广场舞，日子过得平平淡淡，可又无比充实。我觉得有罪的人是我，我应该受到惩罚。

躺在床上，我一遍又一遍问自己，活着有什么意思呢？我奔什么呢？我图什么呢？既然命运想要把我弄死，我为什么还要苦苦挣扎呢？

我的耳边总是传来一个声音：是时候结束一切了。

好！那就结束吧！我不挣扎了，我不想挣扎了。官司我不打了，我不想打了，我想一走了之。因为不能下床，浑身上下只有胳膊能动，我就跟疯了一样，用两个胳膊疯狂地挥舞，疯狂地捶胸，疯狂地号叫，为什么要这样判？为什么？！

以前，我并不知道一个成年人的情绪往往就是在一瞬间崩溃的。我刷到过一个视频，拍的是一个五十多岁的男人独自在小酒馆喝酒，喝着喝着突然他就哭了，哭得山崩地裂，整个酒馆的人都在看他，他却浑然不觉，在自己的世界里继续哭着。当时，我认为男人不该这样脆弱，现在真的遇到事了，才能理解他的情绪。

哭，只为了喘一口气。

父母天天劝我，怎么劝也没用。他们做各种各样的饭菜，我一口都不吃。我为什么要吃饭，我为什么要睡觉，都发生这种事情了，我吃什么饭，我睡什么觉，我都不打算活了，我吃什么饭啊？

我开始写遗书，我要把身后事料理好。数了数能给父母留下养老的东西似乎不多了，只剩下了南京和江阴的房子。我还在泰国曼谷唐人街买过一套公寓，另外一套则是留给从未谋面的孩子的。我在遗嘱里这样写：待疫情一过，委托朋友卖掉房产，一切所得归父母所有。想来想去还是觉得不对劲，这人一老啊，房子和钱对他们来说并非刚需，他们往往需要的是精神上的关注和陪伴。于是，我的脑袋里不停检索着我的朋友，看看有谁可以帮我照顾父母。

数了一圈，倒是有两个，一个是发小，一个是武元。于是我在遗嘱里写道，希望他们帮我照顾我的父母，当然他们每个月会拿到相应的报酬。尽管我知道我这么做对他们很不公平，可谁让他们是我的伟大朋友呢？这辈子欠你们的，下辈子一定加倍偿还。

搞定了身后事，我开始犯难以什么方式走。以我的身体情况，不能跳楼，也不能上吊。

窗外的风吹进卧室，带来了江水的暖意，我知道夏天要来了。风还带来一种鱼腥味，于是我想到了毒药，但我也不能去买，因为所有的快递都要过父母的手。老人家都有个习惯，快递盒帮你拆一拆，然后把纸箱什么的踩一踩，堆起来卖钱。

既然毒药不行，那就吃安眠药吧，父母都知道我总是失眠，失眠吃安眠药片，这个理由符合逻辑。

- 4 -

我对一切都失去了兴趣，就连进入平行世界看到我的儿子也高兴不起来。但凡事都有例外，只要每天能从父母手上拿到一到两片安眠药片，我就会亢奋至极。睡前，父母看着我吞下药片后才离开我的卧室。他们一走，我就吐出舌头下的药片，藏在药瓶里。

药片攒了半个月，才达到传说中的致死量。据说白酒加药会提升药劲，我就想办法偷了父亲的半瓶白酒藏在枕头下面。夜晚来临，我将遗书和所有的证件装进收纳盒，一切准备就绪后，心满意足地张开嘴，将所有药片倒进嘴里，就着白酒咽了下去。

我听见父母在客厅泡脚，母亲轻声哭泣，她说："我想为女儿做点什么，却无能为力。"父亲轻轻叹了一口气，说："我不配做父亲，连女儿我都保护不了。"

眼泪顺着眼角滑落，我知道这是我最后一次听到他们的声音。

他们洗完脚，轻手轻脚地收拾后上了床，我知道这是我最后一次听见他们的动作。

我躺在床上，静静地等待着，和坠崖后的每一次充满希冀的等待都不同，这次我心甘情愿地等待着死亡。我感觉有一种东西正悄悄离开我，它无色无味无形无体，慢慢向外扩散。我脑子里面开始自动跳出画面，这种濒死的感觉我曾在悬崖下面体验过，于是，我第二次以第三视角看着我的人生轨迹。

如果说第一次观看自己的人生画面时我是不甘的，甚至是不舍的，那这一次我是痛苦的，我不愿意看，更不愿意听。闭上眼睛，画面仍然继续，仿佛在黑暗的电影院看电影。我想快点结束这个流程，可画面的每一帧被拉长：梅花糕太甜了，甜得让我感到苦；汽水太冰了，冰得我透心凉；漫天的飞絮灌进我的鼻子，我咳出血……画面中出现了我的第一个男朋友，他爱我，我也喜欢他，可他没有事业心，我只好分手。我看见他痛苦地站在街上，仿佛一个迷路的孩子。所有画面都是悲凉的，自带的背景音乐是唢呐，不知谁在吹，但吹得婉转悲切，像是在为我送行。

十来分钟的电影，把我的人生全部过了一遍，我只是单纯地期盼早点散场，我再也不想看到这些痛苦的场面。我的意念像硫酸一样腐蚀着那些画面，慢慢地，有光在我眼前晃动，光越来越亮，刺得我睁不开眼睛。我用手捂着眼睛，顺着指缝朝外看着，我被我所看到的景象惊呆了。

我猛然惊觉，自己竟又回到了帕登国家公园的悬崖边——双脚悬空，飘浮在虚空中。而崖底，另外一个我正仰面躺着，直勾勾地看着我。

崖下的我：我们又见面了。

我没有回她的话。

崖下的我问：你死了？

我点点头。

崖下的我抬起眼皮朝悬崖上看去，俞晓冬站在悬崖上，冷风拂面，他依旧在笑。突然间，时空发生了扭曲，我们俩都被卷入了时空裂缝，来到了一个阳光刺眼的世界。

我发现自己悬浮在半空，脚下是草地，尽头是豪华的别墅。

崖下的我问：这是哪儿？

我说：是平行世界。

崖下的我发现自己也飘在空中，不解地问：我们都死了？

我说：好像是。

我和崖下的我在平行世界里飘荡。我们发现平行世界的“我”不但上了电视，还出版了自传。泰国的生意依旧红火，俞晓冬容光焕发，时常陪着“我”去见客户。

崖下的我忽然笑了：我怎么可能跟俞晓冬复合？

我说：这里是平行世界。

崖下的我摇摇头，说：我明白了。

我问：你明白什么了？

崖下的我指着平行世界那个光鲜亮丽的“我”，说：她是我，也不是我。

我问：为什么不是你？

崖下的我说：之所以说她不是我，是因为她活成了世俗眼中的完美模板——事业有成，家庭美满。但这种完美，不过是另一种形式的束缚。

我问：那为什么又是你？

崖下的我轻声说：你不记得了吗？曾经的你，不就是执着于要活成所有人羡慕的样子？那时的你走到哪里都被众星捧月，你以为自己活成了所有女人想要活成的样子。

我说：可我要死了。

崖下的我：可我还想活着。

我说：你活下来也会变成我，也会想死。

崖下的我问：我们到底为了什么活着？我想活着，而未来的我却想死？

我说：我不知道。

崖下的我：我也不知道。可老天既然让我活下来，一定希望我做点什么。

我摇摇头：我就一个废物，还能做什么？

崖下的我：我们一定有价值的！

我问：什么价值？

崖下的我问：你能忍受蚀骨的剧痛吗？你浑身上下所有的骨头，断的断，碎的碎，你的身体里面全是钢板和钢钉，你能忍受吗？

我说：我能。

崖下的我：你能接受赤身裸体躺在病床上，身上只盖一张床单，清创时人来人往被围观吗？

我说：我能。

崖下的我：在别人眼里，你成了一个彻头彻尾的怪物，一个被社会抛弃的残废，一个被丈夫抛弃甚至被谋杀的女人，别人都看不起你，不待见你，都远远地躲着你，你的自尊心能承受吗？

我说：我能。

崖下的我：以前你是高高在上的老板，你是被众星捧月的女强人，现在你变成了一个废物，连拿外卖的能力都没有，30岁了还要父母伺候，这种耻辱感你能承受吗？

我说：我能。

崖下的我：为了活下来，你吃药毒死了五个半月的宝宝，他生出来的时候不会哭不会叫，直接让人丢进了医用垃圾袋，从而阴阳两隔，你能承受吗？

我一边哭，一边说：我能。

崖下的我：没钱打官司，你为什么不能去赚钱？

我犹豫了。

崖下的我：赚钱对于我们来说有那么难吗？

我还是没有说话。

崖下的我：我们能不能把我们的孩子带回来，再给他找个新爸爸？

我：我能。

崖下的我：老天让你活下来，就是让你去手撕“渣男”，让他付出应有的代价，从而通过你，警醒更多的女性。你能不能打赢官司，从轮椅上站起来，给那些身处困境的人带去力量？

我：我能。

说完，我一下就怔住了。

从梦里醒来时，墙上的时钟显示凌晨一点十三分，分针仿佛变了形，拖着长长的尾巴，迟迟不肯迈出一步。显然时间变慢了，房间里所有的东西都拖着长长的影子。唯一不受影响的是眼泪，眼泪顺着我的眼角快速滑落，仿佛清晨时分从叶子上滑落的露珠。

我试图大喊："爸，妈，救我！"

但是，我的嘴麻了，根本就张不开，更喊不出来声了，身体也动弹不得。我慢慢挪动右手，右手后面也拖着长长的影子。

我用手拨掉床头柜上的水杯，试图用发出的声响引起父母的注意。后来，世界就黑暗了。

第十章

走出至暗

-1-

再次醒来时，阳光透过病房的玻璃窗洒在我的脸上。父母守在一旁，眼里满是担忧。

以前我并不知道世界可以分为新世界和旧世界两个部分，直到此刻我才明白——我的旧生命经历了旧世界的最后一夜后，如今终于迎来重生。

“我不会再做傻事了，”我握住母亲的手，“官司我要继续打，没有钱我就去赚钱，赚钱是我的老本行。”

曾经的我是个谨言慎行的商人，说话滴水不漏；再次醒来后却成了个话痨。我拉着母亲的手说个不停，仿佛要把积压多年的郁结一吐而尽。我说着说着突然大笑，笑着笑着又泪流满面。医护人员和病友家属闻声而来，看他们的表情，大概他们以为我疯了。

我就是疯了。一个精神正常的人怎么可能在一穷二白、双腿残疾，并且在谋杀自己的人逍遥法外的处境下，依旧像一颗蓄势待发的子弹一样渴望冲出枪膛？我不但疯了，还患上了失眠症——以前失眠是因为睡不着，现在失眠则是因为精神亢奋。

坠崖之后，我的事业陷入停滞状态，再加上疫情的影响，泰国的事业全线崩盘，国内的公司也因为自己长期处于医疗和上诉的状态，导致业务严重流失。而早年的积蓄也都在大大小小的手术、长期的康复治疗和打官司中消耗殆尽。

我需要一条新的出路。虽然身边的朋友都愿意帮助我，但我不想依赖别人，我想靠自己的力量重新开始。

但我的身体还没完全康复，左大腿的骨头依旧没有愈合，思来想去，自媒体显然是我当下最现实的选择。我在抖音注册了账号，开始用短视频讲述自己的故事，希望这份真实的经历，能成为其他女性的前车之鉴，能让女性在爱情婚姻中依旧保持一份清醒。

金边眼镜医生曾告诉我，每个人的骨骼愈合速度都不一样。就像有人发育早，有人发育晚；有人两三个月骨头就能长好，有人却要等上半年。而我的骨头属于陈旧性创伤，用医生的话说，是“一把老骨头”。六个月是个关键节点——如果骨头长不好，可能就永远长不好了。

在六个月的复查过程中，作为最了解我病情的医生，他的希望其实也在一点一点消磨。每次复查的片子都显示，我的骨头毫无愈合的迹象。可他始终选择用温和的语调安慰我：“恢复需要时间，别着急，安心静养就好。”我追问得急了，他就推推眼镜，把话题岔开：“别想太多，你现在最需要的是耐心。”

直到后来我才懂得，那些避而不谈的片子里，藏着他作为医者的温柔。

第六个月复查时，我早已不抱希望。可当金边眼镜医生盯着新拍的片子时，镜片后的眼睛突然亮了起来。他突然激动地拍了下桌子，说：“太好了，终于融合了，有了融合的迹象，骨头长起来了。”

“你的骨头虽然长得慢，但很争气。”他摩挲着X光片，像在欣赏一件珍贵的艺术品。

然后，他才跟我坦白，别人两三个月就能看到的愈合迹象，我却迟迟没有。那段日子，他和我一样煎熬，却始终不敢告诉我实情。他怕我承受不住，硬是陪我熬了整整六个月。

这时我才知道，其实这半年，他和我一样担忧，始终悬着心——医生的理智让他不能妄下论断，可医者的仁心又让他选择陪我等待奇迹。原来这世上，总有人宁愿自己扛着压力，也要为你留一盏希望的灯。

一想到他的善意，我就倍感温暖。

直到此刻，我们才一起卸下心头重担。

六个月来，我身上像是绑了一万把枷锁，现在好了，两把最重的大锁被我先后解开了。首先，我要感谢崖下的我，当然还有平行世界里的我，是你们让我重新认识了自己，也是你们让我明白了活着的意义。其次，我要感谢亲爱的骨头，你们没有放弃我，是你们让我在黑暗的空间里看到了一丝光的存在。

我明白，生活没有给我太多的选择，除了向前爬，艰难地向前爬，我别无他路。但至少现在，这条路终于有了方向。

- 2 -

在南京的隆隆雷声中，我收到了一条私信。一个网友告诉我，俞晓冬与我结婚后，曾用同样的手段套路过她，而她看穿了俞晓冬的真实面目。她之前没有站出来爆料，是因为害怕俞晓冬报复她。窗外的雷声轰鸣，而我内心的震动更甚。

那段时间，我接受了许多媒体的采访，毫无保留地讲述自己的经历——包括被俞晓冬 PUA 的过程，包括我曾经的虚荣与怯懦。失败容易，难的是承认自己的失败。承认失败需要勇气，但这样的坦诚反而让更多人从我的故事中获得警示与力量。那位网友最终也鼓起勇气站了出来。

我想，这就是我重生的意义吧。

有一次，我和凤凰网专家连线时，他们请来了刑事律师和离婚专家。

我问他们："俞晓冬在泰国判决之后，能不能引渡回国，继续追究他的刑事责任？如果俞晓冬出狱，对我构成直接的威胁，又对更多女性构成潜在的威胁，那我想在国内起诉，会成功吗？"

刑事律师说："没有先例，但可以尝试。"

离婚专家则建议我先打离婚官司，因为，在婚姻关系存续期间夫妻共同财产的大框架下，我挣的每一分钱俞晓冬都有权利去分。

我告诉他们，他就是被引渡回国，我也会把官司打到底；他就是跑到天涯海角，我也要追着他打。

打跨国官司，打的是精神头，打的也是钱。已经为康复和官司倾家荡产的我决定尝试直播带货，却遭到部分网友的质疑，说我当了网红，要开始卖惨收割流量了。朋友劝我暂避风头，我跟朋友说，换作以前，如果一直被人骂，我想我会选择换条赛道，或者拍拍屁股直接走人，谁还没一点自尊呢？但现在我要生活，就不能在乎他们对我的评价，我又不是为了他们而活，我想活出自己。

2021 年 7 月 9 日，我在生日这天开启了首场直播。直播时，我得到了很多网友的鼓励和支持。看到他们的留言，我忍不住哭了，哭到停不下来。

他们说，加油呀，直播带货，为自己后半生存些钱；他们说，看哭了，我能够理解，虽然我是单亲妈妈，但我也会力所能及地帮助你；他们说，希望你能顺利打赢三审，加油，你不是势单力薄，你身后有一大群网友给你加油！

他们说，这么久以来，大家给的只是同情和鼓励，你身体上的痛和内心的苦只有自己在承受。善良的你会迎来阳光，加油，支持你！

他们说，加油暖暖，相信你的人品，直播带货一定支持。

他们说，加油，你真的好勇敢，希望生活越来越好。

他们说，你可以带货，我们需要的都会买，因为你值得重获新生。

其实，我最怕看到“你这么不容易，我们买点吧”这样的弹幕，只要看到有人这么说，我就会劝导他们，希望他们理性消费。

我告诉他们：如果这东西你确实需要，那你就买，你不需要就不要买。大家赚钱都不容易，尤其是中年人上有老下有小，需要有一些积蓄应对突发状况。

最让我触动的是那些私信。一个网友私信我，她说：你知道吗？你救过我一命。

原来，她怀孕的时候，丈夫出轨后家暴她，她的自尊心特别受不了，就想跳楼一了百了。就在决定自我了结前，她看到了我的视频，她突然觉得其实生命有一百种绽放的方式，没有必要因此就结束自己。于是她决定勇敢地生下宝宝，最后跟老公离了婚。她还跟我说，希望我一定要好好活下去，因为在她想不开的时候，是我给她点亮了一缕烛光。

还有一位事业有成的男性，因为投资失败破产，事业没了，老婆也带着孩子离开了他。他快 40 岁了，也想一了百了。我理解他，因为一个人突然从“山上”跌下“谷底”，这种挫败感是非常强烈的。他看到了我的视频，惊叹我承受了那么多挫折还顽强地活着，于是就作了一个决定，好好活下去，他要去骑行。他一边骑行欣赏沿途的风景，一边遗忘过去的伤痛，每到一处驿站都会给我寄一张明信片。现在他已经回到家乡，准备做一点小生意。

被人关心的同时还能给予爱和能量，这是我现在活着的价值。爱是一道射线，而我不是终点。我希望自己的经历能够成为一小束光，能给现在失意的、不得志或经历过婚姻生育打击的人带去光芒。当然与此同时，这亮光也会打在我身上，让我咬着牙走下去。

我觉得，既然很多网友知道了我，不如大大方方地站出来，让他们看到一个真实的人的人生轨迹。在直播带货的同时，我更多的是在分享生命的意义。

对有贸易经验的我来说，直播带货只是一种互联网形态下的消费形式。我不想让直播带货完全充斥自己的账号，这会改变我建立社交账号的初衷，我一多半短视频内容分享的是自己“大难不死”后积极的人生态度。

就像那位网友说的那样，生命有一百种绽放方式，而我的人生只是其中一种。

自媒体给我的心灵带来了希望，让我找到了我活着的意义，但是，如果想要活得更好，还需要我的身体争气，我想要重新站起来走路。

其实，脱拐站起来在一年之前我就可以完成了，但依旧无法正常走路，在我看来，不会走的站起来也没有什么意义。

三年来，我做过八次手术，由于左腿粉碎程度比较严重，它比右腿短了一截，最要命的还不是左腿短，是两个股骨头，它连接大腿和骨盆，左右对称。骨折以后，有两个地方痛感神经最为敏感，一个是锁骨，一个就是股骨。

坠崖时，我的股骨头从中间摔断，断到错开，后来医生帮我做了复位手术，再用长钉打进去，把它固定，像穿糖葫芦一样。而股骨头连接人的盆骨，上面有个球面，对于人体来说，球面是不可替换不可再生的，手术时，一根长钉直接打进盆骨，也把球面软骨给击穿了，直接导致软骨中间发炎了，光滑的球面变得疙疙瘩瘩。所以，我能站起来却走不好路，最重要的原因就是股骨，因为股骨是负责承重的，每走一步都需要它来承担重量。

骨科专家不止一次指出，我能活下来已经是奇迹，但这辈子都别想像正常人一样走路了；我的第一任康复师也选择放弃，他说我的情况已经超出康复范围，他不想浪费时间；有两个康复师倒是想试一试，但我从他们的表情里迅速读出了死马当活马医的意味。

走路，无非是左腿迈完迈右腿，但对我来说，走路是一道精密的计算题。完成一次左右腿交替需要牵动至少 8 个部位的肌肉，比如臀大肌、胫前肌，至少 3 组关节，艰难复健过程中，我能感受到肌肉和关节逐一被调动、发力。

父母也很着急，他们迫切地希望我能够站起来，像正常人一样走路。有一天，父亲陪我去上复健课，课程内容是练习左腿单独站立一秒的动作。我的左腿受伤比右腿更重，这个动作我很难完成，我双手扶着助行器，抬起右脚，撑不住放下来的时候，计时器总停留在零点几秒。

父亲急了，对我说："你的左腿支撑一会儿不就可以了吗？"

我被父亲的话刺痛了。我告诉父亲，我做不到。

有的时候我也会愤怒，因为没有人能够理解我，正常人会觉得单腿站立这个动作有什么难的，但我就是做不到。当初练习站起来，这个动作我重复了成千上万次，后来练习"站起—坐下"这组动作，我又用了将近半年才算掌握。

这个时候，人变得容易崩溃，触发点往往是旁人看来很小的事情。有一天，母亲带我到医院复诊。挂号排出去长长一队，排到我们时，我坐在轮椅上看不到一米多高挂号机的电子屏。母亲倒是能看到屏幕，但因为年纪大了，不知道如何操作，只能一个指令一个指令地询问我，久久没研究明白。时间在那几分钟内拉得十分漫长，我想保持理智。我看向四周，没有导医，情绪霎时崩溃了，我在医院大厅哭了起来。会操作的人站不起来，能看到的人不会操作，只要站不起来，就永远面对着这种尴尬和痛苦。

我做了决定，我不仅要站起来，还要站稳、走稳，我不再更新社交媒体，放下所有事情，专心复健。

那一阵，所有能接触到的康复机构，我都去过了，可还是毫无进展。我待在家里愁眉不展，但我从不是坐以待毙的人，我决定去健身房做康复。

当我说出这个想法时，父母和朋友都觉得这个想法太疯狂了。因为健身房是正常的、健康的人才能去的地方，我连路都走不明白怎么去健身房？但是我有种执念，健身健身，就是让身体变得更加强壮，更加结实，而这些也是我的需求。说不定我能在健身房里找到一线生机？经过反复斟酌，在没有人同意的情况下，我开始了新的尝试。大家都不看好没关系，我自己想清楚就好，我就是要去做思维的转变和突破。

2022 年春节过后，天气还很冷，我把自己包裹得很严实，坐着轮椅，去健身房寻找合适的健身教练，指导我复健。

我复健的唯一诉求是能够正常走路。

- 3 -

为我这样身体脆弱的人进行康复训练，不仅要担风险，设计训练课程和授课也要耗费更多精力和耐心。健身教练们一听我的情况，纷纷摇头走开。唯独一个健身教练留了下来，他叫宋智超，他表示愿意担任我的健身教练。他说，我让他想到了自己的经历。

宋智超是一名退役运动员，曾在国家青年队专攻百米和二百米短跑项目。几年前，他因为膝盖受损，做了手术而退役。这是每一个职业运动员都会面临的风险，他比普通人更清楚躯体上的伤给人的生活带来的影响。根据他的经验判断和评估，他认为，如果只是帮我恢复到能够正常走路，是可以做到的。

宋智超给我制订的复健计划，主要思路是锻炼力量，增加核心稳定，训练下肢敏捷。除了安排技术性动作，他还特别注意鼓励和称赞我动作做得到位。他总在我完成动作后竖起大拇指：“漂亮！比上次稳多了！”尽管他只有 23 岁，可他对我的鼓励却让我想起远在泰国的警长禅猜，他们都像在护着一个受欺负的小女孩。

来健身房的人大多为了拥有更健美的身体努力，他们多是练腹肌或马甲线，而我练的是“如何像正常人一样走路”。对于我这样一位肢体显得僵硬的女士，并没人投来异样眼光，这份沉默的尊重，让我每周四的复健时光成了最放松的时刻。

有时候，我会用“钢铁侠”称呼自己。我已经能驾车了，在汽车仪表盘上，我放了一个迷你钢铁侠手办。这个漫威英雄对我而言不仅是偶像，更是隐喻：以血肉之躯，比肩神明。他的躯体早已超越凡人——绝境病毒重塑了他的力量与速度。在我眼中，绝境病毒既是病毒，也是契机，赋予宿主超强的自愈能力。它撕裂血肉，却赋予血肉重生的力量。而我体内的钢板、浑身的伤疤，就是我的“绝境病毒”：痛起来撕心裂肺，愈合时重获新生。我像钢铁侠一样，一边战斗，一边崩溃，一边自愈。

我甚至改变了生活习惯，让一切细节服务于身体恢复，作息时间和打拼事业时完全不同，晚上十点入睡，早上七点起床。为了吃得健康，我研究营养学的书籍，吃蛋白含量更高的食物。得知吃辣可能导致上火，我就戒掉了爱吃的川菜。而我以前可不是这种人，以前我追求的是骑最快的马，登最高的山，吃最辣的菜。

骨头也是有意识和感情的，它比大部分人类都纯洁和忠诚，你爱它，它也会爱你。几个月后，我的身体给了我积极的反馈，骨头和血肉在重新磨合。我弃用了手拐，双脚又一次踩在地上。我站起来了，那种真实的重量感颇为奇妙。抬起脚往前，落下的过程也需要花费很大的力气，迈出第一步，又迈出第二步……虽然还不是那么稳当，但整整一天都有人鱼第一次上岸的那种雀跃、陌生和奇妙的感觉。

听说人类是从鱼演化而来的——当第一条鱼挣扎着跃上岸，鳍化作蹒跚的足，骨骼在重力下重塑。他们跌倒亿万次，才换得挺直脊梁的权利。而我，正重复着这场古老的驯服仪式：跌倒，爬起，再跌倒。筋膜在挛缩中尖叫，我却逼它继续训练。明知是折磨，仍咬牙默念："再争气些，再撑一会儿。"

亲爱的骨头，请再帮帮我，让我少受一点屈辱，能够有尊严地活下去。

由于我的左腿比右腿短，教练帮我定制了特殊的增高鞋垫，一是为补齐两腿之间的高度差，二是为了减震。每天的训练，都像在与狂风搏斗：每向前走一步都要破开密不透风的墙，而我却经常被它弹开，就像撞到弹簧一样。作为一个破风者，我的双腿第一次尝到穿越障壁的痛感和快感，一步是一个障壁，百步就是百个障壁。当我放下助行器穿越一千个障壁时，我想起了《阿甘正传》中的小阿甘摆脱腿上的枷锁时的场景，他的耳边传来了风声。我的耳边也响起了风声，我知道那不是真正的风声，而是我想象出来的。

经过一年的康复治疗，我已经能脱拐走到 1000 步，1000 步是我的人生极限，这个关口卡了我半年，直到 2023 年春节。

大年三十中午，父母推我去附近的超市买年货，回来的时候我让父亲用手机帮我录像，我从轮椅上站起来迈步向家走去。

回家的路很不太平，需要登上一个坡度很大的路段，我一步一步走在大街上，像西西弗斯一样带有仪式感地推动自己的身体。我想起国字脸医生对我的告诫，站起来并不意味着自由，学会像正常人一样走路才能绽放自由之花。我吃力地走上斜坡，计步器显示1378步，当我回头看着父母，我看见给我录像的父亲老泪纵横，母亲推着轮椅跑过来，她让我坐上去歇一会儿。我摇摇头，迈步继续朝前走。

我是有野心的，这个野心来自我内心的屈辱和卑微，其实我并没有那么坚强，我也会在四下无人时崩溃大哭。我深陷于往事的阴影里，在懦弱与坚强中来回切换，但现在我要和每一个卑微的自己说再见了。

当计步器显示2200步时，我的双腿疼痛发软，头晕目眩，耳边传来巨大的噪声，仿佛一架超音速飞机在穿越音障。我听见无数个卑微的自己在喊，她们让我停下来；与此同时，我又听见无数个坚强的自己在吼，她们让我昂首挺胸走回家。

是的，我的野心也在于此，我要在摆脱拐杖和助行器的情况下走回家，我要一雪前耻，更要为父母争口气。坠崖前，父母是小区里的“明星家长”，有个在泰国经商事业有成的女儿；坠崖后，他们却像受惊的鸵鸟，终日低着头匆匆进出，生怕遇见熟人探询的目光。

当我挺直腰板走进小区那一刻，街坊邻居、小区保安、保洁以及在外贴春联的居委会阿姨通通放下手头的工作看着我，时间仿佛静止了几秒钟。直到有人惊呼：“她站起来了！”小区里的人才通通围了上来。他们有的恭喜我，有的说我争气，而那一刻，父母终于也挺直了腰板。

那晚的年夜饭，父母杯里的酒映着久违的光。他们眼里的火苗，比窗外烟花更亮。这是出事后，我们第一次认真过春节。

没过几天，我将自己走路的视频上传到社交平台，视频登上不同平台的热搜榜。很多媒体给我打电话，希望我能够讲述自己的复健经历。最多的一天，我接到超过五家媒体的电话。线上的关注延续到了现实生活，登上热搜榜后，我带着朋友去面馆吃皮肚面，未承想老板娘一眼认出我:“暖暖！昨天刷到你视频了！你真的好棒！”

巨大的关注出乎我的意料。朋友们提议，趁着这次的热度，不如把自媒体的副业拾起来。“你之前的积蓄都用来看病和打官司了，”朋友说，“作为朋友，我想得很实际，我希望你能好好搞事业，开始新的生活。”

在朋友的鼓励下，我开了直播解答网友的问题，对弹幕有问必答。有人想让我站起来走走，看有怎样的不同。我站起来，有些紧张，退离了镜头几步，向前走着，边走边说：“你们看，现在其实还是有点瘸，但是我相信会渐渐变好的，我会努力的。”

在这一刻，我就好像一个刚刚学走路的孩童，正跌跌撞撞地开启新的人生。这是我坠崖后的第四年，我终于站起来了！生理的站立只是开始，心理的重建才是终局。事业要重启，生活要重建，前路必然还有沟壑，但这一次，我带着钢钉般的意志上路。

◆◇ 第十一章

终审判决

那天清晨，我正梦见孩子朝我奔来，一阵喧天的锣鼓声突然将我从梦中惊醒。街上人头攒动，人们摘下口罩的笑脸像一夜绽放的春花。

这是 2023 年 5 月末，沉寂三年的街道，终于恢复往日的热闹。我和父母走在欢腾的人群里，恍若回到当年申奥成功的夏夜。

随着生活秩序的恢复，我重新开始复健。我告诉教练，我要在最短时间内让身体恢复到最佳状态——我要亲自走进终审法庭，亲眼看着俞晓冬服法。即便败诉，我也会在国内继续起诉。他就算走到天涯海角，我也要把他送进监牢。

这两年为了维持生活和继续打官司，我用白菜价卖掉了一套房子和两辆汽车，近乎倾家荡产。为了继续这场漫长的法律抗争，我开始尝试直播带货，努力开辟新的收入来源。

然而，在一次直播带货过程中，突然涌进一群人，疯狂刷屏指责我靠卖惨维持人设、借官司炒作。直播间里渐渐有人被带偏节奏，我不得不紧急下播。

走向电梯时，同事说我的鞋底在我身后留下一路血脚印，我说那是你们的幻觉，他们齐刷刷地摇着头。后来我才发现这是我的幻觉，那些血脚印是我的欲念所化，隐藏在潜意识里的欲念都是有神性的，神在告诉我，上诉之路注定布满荆棘。

在短视频里，在媒体采访中，在直播时，我开始一遍遍跟许多人讲述我和俞晓冬的故事。说来奇怪，每次提起这些事，恐惧还是会涌上心头。有时候半夜醒来照镜子，都会被自己的样子吓到。躺在床上总觉得他就站在床尾，用可怕的眼神盯着我，好像随时要动手。

就在这样让人惶惶不安的日子里，我的代理律师史律师打电话告诉我，泰国皇家法院决定将终审由庭审变成书面审理。这个消息让我痛苦不堪，那痛苦像毒刺一样蜇着我的身体，我仿佛被榨干了一样，七天暴瘦了十来斤。书面审理是我的痛点，我害怕终审会像二审一样，到最后只是一纸没给出审判理由的判决文书，更害怕终审维持二审，让俞晓冬逃脱应有的惩罚。

2023 年 6 月 2 日，我终于收到了终审判决，结果大致如下。

判决的刑事部分为: 泰国皇家法院修改二审法院判决，认定俞晓冬为蓄意杀人未遂，判处终身监禁的 2/3 刑期，因俞晓冬在案件审理过程中提供了有利于查清事实的陈述，在这一项基础上予以减刑，最终量刑为有期徒刑 33 年零 4 个月。

民事赔偿部分，此前俞晓冬被判需支付民事赔偿 520

万泰铢（约合人民币 106 万元），此次法院仅是对法定利息进行了调整，即 2021 年 4 月 11 日前法定年息为 7.5%，自 2021 年 4 月 11 日起调整为 5%。

本案共经历了三次判决，本次为终审判决结果。

终审判决是一页纸，我翻来覆去地看了又看，它好像重点大学录取通知书，也好像我的第一个房产证，可它又不同，因为它决定着一个杀人犯的最终归属，也认可了我在四年中的勇气和坚持。好多朋友都认为判轻了，说应该判死刑，我却笑了，这个结果我是满意的，因为我知道 33 年对俞晓冬来说意味着什么。他现在 37 岁，33 年后他 70 岁了，一个小老头注定在痛苦不堪的回忆中走向死亡。据我的代理律师分析，俞晓冬在案件审理过程中提供了有利于查清事实的陈述，而这个陈述可能就是自首，或者有自首情节。他其实也在跟自己博弈，因为拒不认罪有可能被判死刑。

那天傍晚，我开车去公司的路上，夕阳把天空染得通红。有一瞬间，我感觉车子变成了白马，我仿佛骑着白马奔驰。直播间里，面对质疑的声音，我终于说出了憋在心里四年的话：

“这四年来，我一步步坚持到现在，终于让正义得以伸张。一切都是我用我的决绝、我的坚持、我的勇气换来的。但凡我有一丝想要放弃的念头，凶手早已逍遥法外。四年来，我一遍一遍翻修自己的身体，一遍一遍维修自己的骨头。医生都说我无法像正常人一样走路了，可我站起来了，不但站起来，而且还能走路，一天能走 6000 步。我想让所有人都能看到：即便身处绝境，也绝不向命运低头；即便遍体鳞伤，也要执着追寻正义。我要把这份从苦难中淬炼出的力量，传递给每一个正在黑暗中挣扎的人——是的，我们都可能倒下，但更重要的是，我们都能重新站起来。这不仅关乎身体的康复，更是灵魂的重生。我要用自己的亲身经历证明：人生没有跨不过去的坎，再深的伤口也终将愈合。”

说完这些话，长久压在我心里的大石头突然轻了。世界变得无比安静，同事们怔怔地看着我。因为安静，我从他们眼神中读到了理解。

这四年，我打赢了这场旷日持久的官司，修好了自己的身体，也找到了新的人生意义——不仅要为自己讨回公道，更要让更多女性学会保护自己。

宣判后，陆慧芳对我的代理律师明确表示，她一分钱都不会赔偿。即便她名下有存款和房产，我也奈何不了他们。我知道所谓的民事赔偿金只是一纸空文，到头来我什么都拿不到，但对我而言，比起金钱，我更在乎正义的判决。

终审结束后，那个平行世界彻底消失了。有时我仍想看看那里的孩子，却再也无法触及。心理医生说，这是创伤愈合的表现——那个延续未坠崖人生的梦境，就像危险的豹纹，美丽却致命。正常人不可能永远活在幻想里。

美梦消失了，取而代之的是噩梦。有一天我梦见俞晓冬出现在我的直播间，表演一个浪子回头的男人，以“悔过丈夫”的人设取代了我。这个梦让我意识到，是时候结束这段婚姻了。

我聘请了专业的离婚律师团队向法院递交诉状，正式提起离婚诉讼。我的诉求很明确：我要离婚，并且让俞晓冬净身出户。

很多网友不解："你老公都把你推下悬崖了，为什么还不跟他离婚？"

这是因为坠崖案件是在境外发生的刑事案件，由境外管辖，而境外的诉讼案件审理时间比国内漫长。我的案子历经四年，才走完了三审程序。如果要离婚，又涉及刑事案件，原则是"先刑事后民事"。离婚官司需要准备大量材料，包括泰国法院的判决结果，公证机构的公证结果、泰国资料的翻译结果以及两国大使馆的认证结果。

最关键的是俞晓冬身处泰国监狱，无疑让离婚这件事情变得更加困难。而我首先需要面对的问题是，离婚官司在哪里打？按照国内相关法律，符合一定条件，可以在原告所在地提起诉讼，所以我们在南京市秦淮区人民法院提起了离婚诉讼。但是，由于俞晓冬在境外服刑，所以域外送达、庭审及当事人的出庭方式、证据取得及公证认证都是疑难点，很多细节问题也需要跟法院沟通。

律师跟我说了最坏的情况，因为俞晓冬已经受到了惩罚，也付出了相应的代价，所以他还是有权利分割婚内财产的，但是我可以通过索要精神损失费、医药费等减少损失，让俞晓冬少分一点。也就是说，如果这婚离不成，我要把一半的财产分给谋杀我的凶手，包括我今后挣的每一分钱。

这真的太荒谬了，我绝不能接受。有一天，我的大学同学来探望我，他知道我的生活逐步走上正轨，也该想想个人问题了。他希望我能放下过去，趁年轻，重新开始一段感情再次组成家庭。我开始尝试在相亲网站注册账号，但是无一例外都被拒绝了，因为在法律上我仍然是俞晓冬的妻子。我因一本结婚证而被巨大的枷锁束缚，就像一只关在笼子里的鸟，眼巴巴在看着我的种群自由飞翔。事件在网上曝光后，我得到了大量网友和法律工作者的声援。法院也给了我相应的承诺，答应尽快与泰方联系，而千里之外的警长禅猜也给我打来电话要为我提供帮助。

那是个再平常不过的秋日午后，我去处理南京的房产时，恰好路过民政局。望着那扇熟悉的门，突然想起当年俞晓冬就是在这里牵着我的手走进去，十分钟后又牵着我的手走出来。如今想来多么讽刺——十分钟就完成的婚姻，却要耗费我好几年的光阴来挣脱。

我对朋友说，这短短十分钟的闪婚，让我用最宝贵的年华去窥见一个人最幽暗的本性，不仅血本无归，甚至差点赔上性命。

思及此，我不禁流泪了。此刻的泪水，不是因为信仰的崩塌，而是在漫长黑暗里跋涉太久，突然见到阳光，会不自觉地眯起眼睛。

一天下午，我拖着小残腿，尽可能迈着正常人的步子走出小区。穿过一条烟火熏人的脏摊小巷，再拐进人声鼎沸的菜市场。母亲病了，烧得不轻，像我曾经一样躺在床上，我像曾经的母亲一样买菜做饭。今晚，我想给父母做一顿简单的素汤面。

鱼摊前面，一个穿西装的老头盯着对面的秃顶老头，问："你是老秦？"秃顶老秦怔了片刻，突然拍腿大笑："老雷！是你啊，几十年不见了。"西装老雷拉过身后的白发奶奶，说："这是我老伴。"

白发奶奶脸上泛起一片红晕，宛如少女初次约会时的羞涩。

回家路上，那抹绯红一直在我脑海里挥之不去，不知不觉间，我的脸颊也跟着发烫。我对自己说：看来，我还是相信爱情的。

回到家，我轻轻推开母亲的房门，朝她笑了笑，转身走进厨房。灶台上渐渐响起世间最温暖的声音：燃气灶的点火声、沸水的咕嘟声、煎蛋的滋滋声、切菜时菜刀与砧板的碰撞声，还有面条入锅时那“滋啦”的欢快声响。站在母亲曾经做饭的位置上，我再也无法控制自己，泪水夺眶而出。

一碗普通的素汤面，却盛着人间最鲜活的色彩：黑褐色的紫菜、肉粉的虾米、油绿的青菜、雪白的面条，上面盖着金黄的煎蛋。

我端着面条走进父母卧室，母亲从我手中接过碗。

母亲坐在床上捧着面碗，为了隐藏眼泪，她几乎把脸扣在面碗里。我的耳边，响起吸溜面条的声音。一大碗面，被母亲吃得干干净净，连汤也喝了个精光。母亲把脸从面碗里慢慢移了出来，把空碗递给我。

母亲突然握住我的手，声音有些发颤：“要是当初……不催你结婚……”

我放下面碗，轻轻抱住她：“妈，我将来可能还会结婚，而且还会生孩子，孩子也在等我把他接回来。”

母亲把我抱得更紧了。

“妈，不用担心我。您看，医生说我站不起来，我不仅站起来了，还能走路；他们都说官司打不赢，可我打赢了。现在我要做的，就是想给那些身处困境的人带去希望。”我说。

没错，我要把这份从绝境中开出的希望之花，传递给每一个仍在黑暗中跋涉的人，并且与曾经怯懦的自己彻底告别。

“接下来有什么打算？”母亲问我。

“去杭州，”我望着窗外的阳光，“开始新的生活。”

◆◇ 第十二章

重启人生

-1-

2023年6月，我离开南京，搬到杭州生活。

我的办公室位于一栋蓝色玻璃幕墙的写字楼里，阳光透过落地窗洒进来，形成一道道明亮的光柱，整个空间都洋溢着令人振奋的活力。我选择杭州，不仅因为这里是电商之都，更看重这里快节奏的工作氛围和重视个人价值的职场文化。

想要鼓励更多人，首先要找到适合自己的职业。坠崖后，我的身体状况限制了很多职业选择，最终我决定做一名自媒体主播。虽然很难成为顶流网红，但至少能让更多人看到：即使遭遇重创，依然可以用积极向上的心态去面对生活和事业，进而重拾自己。

我常常提醒自己：王暖暖，按照二八定律，你成功的概率可能只有两成。如果失败，可能有人会说，看那个瘸腿的王暖暖，以为经历了一场社会关注的事件，就能当网红做主播？但我不在乎。人们总说直播带货是“宇宙的尽头”，而对我来说，能否到达尽头并不重要。来杭州学习新知识，加入新公司重新创业，是我面对现实的选择。就像海灵格说的那样，我唯一能做的就是允许——我知道，我是为了生命在当下的体验而来，在每一个当下时刻，我唯一要做的就是，全然地允许，全然地经历，全然地享受。只是允许，允许一切如其所是。

而我加入的无忧传媒属于业界顶流，他们对我十分认可。粉丝们喜欢的，是那个真实的、从谷底重生的我——我的性格、思维方式、强大内核，以及这段绝处逢生的经历。他们一路跟着我，见证我一无所有的时刻，又看着我一步步重新站起来。这种力量，连公司团队都深受感染。

以前做中泰贸易时，我只需以干练的形象出现在客户面前。如今转型自媒体，一切都不同了——从幕后到台前，我得重新学习穿搭、化妆、镜头表达，更要掌握在短时间内流畅表达观点的技巧。

我有了新的交通工具——代步车，它载着我完成每天 6000 步之外的所有路程。有次小区业主投诉我把代步车骑上楼，我在业主群诚恳说明身体状况后，获得了邻居们的理解。

在杭州的生活简单又忙碌，工作之外几乎没有社交。我搬过两次家，每次都是一个人搞定。有个记者来家里采访，看到我家极简的家具布置时，惊呆了。我告诉她，我想过简单的生活，所以家具很少，衣服也不多，有一口锅一张床就够了。

一个阳光明媚的午后，我骑着代步车路过一家店铺。落地窗的反光中，我仿佛看见自己化作一尾美人鱼，正在人海里自在游弋。

- 2 -

尽管在橱窗倒影中，我时常见到自己如美人鱼般自在游弋，耳边也常能听见世间美好的声音，但某些尖锐的评论仍会刺入心底。

“这一切都是设计好的剧本吧？”

“虽然同情你，但总觉得在靠卖惨赚钱。”

“还用坠崖的事情炒冷饭，有意思吗？”

生活毕竟不是童话。在童话里，靠魔法就能解决一切；而现实中，上诉、手术、康复、生活，处处都需要钱。真实的人生从来不是非黑即白——既要承受伤痛，又要努力生存；既要积蓄力量与施害者抗争，又不得不为生计奔波。

理智的网友能理解：人总要谋生，活着就要吃饭。可总有些声音在指责：“带货就是在消费同情心。”这些话像细小的玻璃碴，不经意间就扎进心里。若是有选择，若是还能做回从前那个衣食无忧的商人，谁愿意承受这样的非议？

不是我不够坚强，而是生活本就五味杂陈：除了撕心裂肺的痛，还有咬牙切齿的恨；除了不得不低头的现实，还有咬牙坚持的每一天。

看法终归是别人的，生活却是自己的，如何活出自己，才是我们应该思考的问题。

如果一味哭哭啼啼，沉浸在痛苦之中，除了满足某些网友“对完美受害者”的想象外，毫无意义，将凶手绳之以法，才是对自己最好的交代。与恶魔博弈的过程，反而让我积蓄了新的力量。

我之所以反复讲述这段经历，不是在咀嚼痛苦，更不是在炒冷饭——那些过往我早已放下。揭开伤疤，只为让更多人从中获得警醒和启示。这，就是我重获新生的意义。

-3-

收到“轮廓妈妈女性力量时装周”的邀请函时，我的手不自觉地发抖。

现场采访、圆桌论坛、T台走秀，平常人也许都不一定能胜任这些流程，更何况走路都不利索还一瘸一拐的我呢？聚光灯下掩盖不了满身清晰的刀疤，我既害怕别人带有偏见的目光，也担心自己站在聚光灯下接受现场采访、上台演讲时会说错话。但最终我还是接受了邀请，因为我知道，我必须学会与不完美的自己和解，才能重塑全新的自己。

那是我第一次穿着华丽的礼服踏上正规的T台，站在聚光灯下，讲述自己重生的故事。

T台巨大而光亮，有很多明星和模特在此走秀。而我作为客串嘉宾，也登上了这个璀璨的T台。我穿着主办方精心挑选的绿色套裙，脚蹬一双金色平底鱼口鞋，在聚光灯的指引下缓步前行。走秀的时候，聚光灯紧跟着我走，我走到哪里，光就跟到哪里。我小心翼翼，尽量以自己最佳的状态，用最稳的步态走着。尽管如此，回放视频时，我发现自己每走一步，步伐的缺陷依然很明显。但当时我在T台走秀，全场却爆发出雷鸣般的掌声，盖过了一切——许多女性观众边鼓掌边拭泪。我相信，在那一刻，我给现场的所有人都传递了某种力量和勇气，以及对生命的热爱。同时，他们的掌声也肯定了我，肯定了我的价值和存在。这份肯定，让我备受鼓舞，会一直伴随着我前行。

第一次被十几台设备和不同的摄影师围拍，我还是有些怯场的，不过，起初的紧张很快被真诚取代。我说的每一句都是我真心想要表达的，也是我想对所有女性朋友说的："希望我的存在能给正在经历困境的人们带去一种积极向上的力量，也希望我的经历让各位女性同胞明白，作为女性，你不仅可以拥有细腻与温柔，还可以很勇敢、很顽强。"

我也想对那些身处黑暗中的人说：一定要坚持住，千万不要放弃。虽然我不完美——左腿里有一块无法拆除的钛合金钢板，锁骨沟里也有十根钢钉。钢钉和钢板每天都摩擦着我的骨头，我每天与疼痛为伴，靠着止痛药和关节保健品度日。但我再疼，也不会放弃对生活的热望。生活从不会自动变好，时间只治愈愿意自渡的人。黎明前的黑夜最是难熬，但只要你咬紧牙关，就一定能等到破晓的曙光。你们看我，经历了生与死，我都挺过来了，何况你们比我更优秀，还有什么是挺不过来的呢？

康复后，我本可以隐姓埋名，打完官司，找个新伴侣，生儿育女，找个地方重新开启生活——但生命的价值不止于此。既然我活了下来，总该为这个世界做点什么。如果一定要留下痕迹，我希望是推动社会对女性认知的改变。

社会总喜欢给女性贴上固定标签："逻辑能力差""女性要找到好归宿""30 岁就失去人生黄金期"……可事实上是，每个女性都有权活成自己想要的样子，每种人生都该被尊重，一切皆有可能。

我的离婚律师柳锦目说，跨国离婚案耗时费力，光是法律文书送达可能就要半年到一年。这段名存实亡的婚姻，成了禁锢我的精神牢笼。最痛的是想起那个五个半月大的孩子。坠崖那一刻，我本能地摸向肚子，又摸了摸裤子——没有血迹，宝宝还在。要知道，孕妇大出血时，就算在医疗发达的城市，都可能救不回来。可我的孩子那么顽强地撑住了，最终却……是活生生引产的。孩子离开的那一刻，我的心像被生生剜去一块。

如今我 37 岁了，八次手术后的身体早已千疮百孔，却还固执地等着做母亲的机会。虽然不知道答案，但我仍在等待生命的馈赠。

- 4 -

2024 年 5 月，我骑着代步车穿过熙攘的街道去直播，才惊觉来杭州已满一年。路边的树又绿了，花又开了，年轻女孩们的裙摆在闷热的风里荡出彩虹的弧度。

这让我想起一审后重返帕登悬崖时，崖下的自己曾问："我们还能穿碎花裙吗？"我斩钉截铁地说"我能"。可真正站起来后，我却始终套着长裤——那些蜈蚣般的疤痕爬满双腿，像撕不掉的膏药，更像刻进骨血的图腾。

直到遇见她，朋友的朋友，同样拒绝裙装的姑娘。她指着小腿上蜿蜒的疤："高考落榜后下田割稻，被毛毛虫吓到，镰刀误伤了腿。"紫药水潦草地消毒，换来一道伴随半生的印记。"从此觉得丑，再没露过腿。"

我懂。我们总以为自己该是完美的，对伤疤本能地羞耻。那段时间，我常在杭州街头徘徊，一个念头逐渐清晰："应该让所有女性看见——伤疤不是缺陷，是活着的勋章。"

我应该给女性带去力量，让大家学会接纳不完美的自己。以前我总是遮着那些疤痕，但是这一次我想去给自己的疤痕拍一组特写，主题就叫“接纳不完美的自己”。其实，能跨出这一步，敢于把疤痕用写真的方式放给网友看，还是需要很大勇气的。因为坠崖事件发生后，我知道我的身体不再完美，但我可以和疤痕共生。

拍摄当天，造型师给我化妆时，忍不住问道：“暖姐，为什么突然想拍伤疤的照片啊？”

“其实我想了好久，”我看着镜中的自己，“我觉得不完美的自己才是真实的自己，我想把这样的自己展现给大家。”

“平时看不出你身上有这么多伤疤。”

“平时我用衣服盖住，今天一露出来还挺触目惊心的是吧？大腿、膝盖还有脚踝上，全都是疤。”我指了指身上纵横交错的疤痕，“很多人都以为我身上没有疤了，其实每一条疤都在，而且很清晰。我想，与其你去躲它遮它，还不如跟它共生，每一道疤都是我重生的勋章，我觉得我可以展示它们。”

造型师望向我左腿最长的疤痕：“这条看着好严重啊。”

这时，摄影师拿着样片走过来：“这是我们之前拍的一些照片，暖暖姐你先看一下，由于疤痕本身太触目，我们建议把它调成黑白的，观感会好一点。”

“就黑白基调！但我希望是原相机直出，然后不去做修饰和优化，你看行吗？”我说。

“你能接受的话就 OK 了。”

“我能接受。”我转向镜子，“今天，我要告别的是完美的自己。”

满身的疤痕是我无法抹去的印记。家人心疼我，建议我用长衣长袖遮盖，网友暖心建议我用文身掩饰，但对我而言，每道疤痕都是生命的勋章。

没想到当这组“接纳不完美的自己”写真发布后，反响如同除夕夜的爆竹般热烈。

有个粉丝在我的照片下面评论说——

每一道疤痕，都是当年医生的手术刀划开皮肤的地方，有的里面还放有钢板，而且还有没有伤疤的地方：肚子里孩子的流产，不知道经历了多少次手术！可以想象当时躺在床上不能活动、不能翻身，那不是一个小时或者一天，那是连续数月的一动不能动，更有心里难以言喻的伤痛，不难想象，当时身体和心里的疼痛一定伴你很多个不眠之夜。

我身上的每道疤痕都是手术的印记，远比表面看到的复杂。锁骨被钉入不贴合的钢板，导致肩膀发力困难；手臂桡骨断裂处植入的钢板可能伤及神经，让我的手不时颤抖；最严重的是大腿主骨断裂，泰国医生从膝盖到腰部切开用117根吻合钉固定，而国内本可用微创的髓内钉技术。

股骨颈的伤是最痛的勋章——钢钉穿透股骨头滑膜，导致左腿丧失外展功能。更棘手的是，现有内固定无法拆除，又没有空间植入人工股骨头。这个无解的矛盾常在深夜折磨我：想做高风险的4A级手术突破6000步的行走极限，又怕手术失败后永远失去行走能力。

脚踝翻转、脚趾错位、骨盆肋骨碎裂等遗留问题，像定时炸弹陆续发作，让我不得不反复手术。但骨子里的乐观支撑着我：当所有医生都判我“永远站不起来”时，我硬是通过练习重新行走。我相信医疗技术的发展，也相信自己能闯过重重难关。说到底，我和普通女孩没什么不同，只是身体里多了些钢板钢钉而已。

如今我行走时，仿佛能听见体内传来金属的轻响——那是命运打不垮的铮铮回音。

-5-

当初躺在悬崖底下等死时，我问自己还有什么遗憾。那时候，我遗憾从来没有好好地陪过父母，甚至没有带他们一起旅行过。如今，我已经站起来了，我时常带着回家的冲动坐上高铁，在井然有序的家里陪父母吃一顿满是烟火气的晚饭，然后拉着他们的胳膊出门遛弯，看秦淮河躺在那里静静流淌，看落日和云朵变形。以前我的耳边总是传来一个声音，是时候结束一切了，可现在那个声音变了：

“活着真好！”

当初躺在悬崖下，我还有一个遗憾，就是没有见到宝宝。夜深人静，当我拖着疲惫的身体爬上床之前，我总是给他留下一盏暖暖的台灯。我记得高中时，下了晚自习，骑着自行车往家里走，我总会看见家里亮着黄色的钨丝灯，我知道那是父母特意给我留的灯，因为它会照亮回家的路。总有一天，我会将宝宝接回来。

记得 2020 年手术前，南京史无前例地下了一场大雪。我被困在病房里，像被封在玻璃罐中的标本，只能眼睁睁看着窗外的人堆雪人、打雪仗。三年后的冬天，当我终于可以站起来后，再次见到雪，我不顾寒冷跑出门在雪地上撒欢，拿着铲子堆雪人，给雪人装上黑色的眼睛和红辣椒鼻子，这些时候我感觉自己是自由的。我回头望向医院的方向，仿佛看见落地窗后轮椅上的那个我。我们相视一笑，异口同声：

“活着真好！”

是的，活着真好。现在我还有一个转变，就是能够感受到每一个当下的美。以前工作忙碌，总是会错过生活中的美好。当然现在也忙，但是现在我只要睁开眼睛，伸展双臂，迈开双腿，就能感觉到春花秋月，这种感觉美妙极了。活在当下，每一个时刻，每一次的呼吸，我都觉得不一样了。如同村上春树说的那样：“当你经历过一些事情以后，眼前的风景已经和从前不一样了，人生没有无用的经历，只要我们一直向前走。”

我很庆幸我活了下来，站了起来，更庆幸的是我懂得了该怎样活好余生。春花、秋月、夏风、冬雪，四季风景我会用心去感受；过好每一个当下的同时，我还想好好去看看这个世界。

2023 年年底，我出事后第一次出远门旅行，和朋友一同去了西安、重庆、三亚。特别想提一提西安——这座我很早以前就心生向往，却直到若干年后才得以圆梦的城市。

西安这座十三朝古都，曾是繁华的唐朝都城长安，承载着深厚的历史沉淀。作为南京人，我自幼便泡在各种博物馆、图书馆里面，通过看展和阅读，对西安充满无限向往。上大学时，同学相邀暑假同去西安旅行，但我因囊中羞涩，又不愿给父母增加经济负担，加之暑假忙于打工，所以决定不去。我跟同学说，我们现在还在上学，经济还不独立，等我以后上班了，自己挣钱了，有的是机会。

毕业后，我踏入了职场。年底时公司组织全体员工去西安旅行。我一听，心里乐开了花，但是，当我得知参加旅行的员工需要补交部分旅行费用时，我又开始犹豫。听说旅行期间公司需要有人留守，留守员工可获得双倍加班费，我更是陷入了纠结。我心里很想去，但两者放一起衡量，旅行要花钱，留守可以挣钱。纠结了很久，我再次选择不去，如此一来，既可以省掉旅行费用，还能挣到双倍工资，过个好年。我安慰自己，没关系，我现在还年轻，等我挣到更多的钱，经济更独立了，想去哪里旅游都可以。

后来，我在曼谷创业，结识了一位也在曼谷开公司的西安朋友，他经常往返于西安和曼谷之间。他听说我对西安非常向往，相邀我去西安玩。我非常心动，但当时我的事业刚刚起步，每天忙得不可开交，连吃饭的时间都没有，于是考虑再三，还是婉拒了他。我再次安慰自己，现在真的走不开，工作太忙了，等以后有钱有闲了，再去西安也不迟。

出事之前，我总觉得来日方长，后会有期，反正还年轻以后有的是机会。但是，出事后，经历了生死，我才深刻地明白：哪有什么来日方长，只有世事无常，生命只在一瞬间。想要去哪里想要做什么尽管去做，人生无常，很多机会错过就是一辈子。

2019 年 6 月 9 日，我的人生发生了那样一个致命的意外，我差点回不到人间，差点没机会去任何地方。那天我躺在崖底，在回顾所有遗憾时，居然有一刹那，我想到我还没有去过西安。幸运的是，我活了下来；不幸的是，我却进入长期瘫痪的状态。有时西安也会闪过脑海，但我想，去什么西安啊，我现在连南京城都走不出去，别说南京城了，没有父母的帮助，我都下不了楼，所以去西安似乎成了一个永远遥不可及的梦想。

终于，我奇迹般地站了起来。我不想再留下遗憾了，于是在没有做任何攻略的情况下，毫不犹豫地邀请了好友，买了机票，直奔梦中的长安。在西安，我们边走边看，停停走走。我们游览了秦始皇帝陵博物院，品尝了地道的肉夹馍，漫步在大唐不夜城和芙蓉园……那份快乐与满足，难以言表。

对我而言，西安之行不仅是梦想的实现，更是希望的延续。曾几何时，希望总是破灭，破灭后再生，再生后又破灭，循环往复。当我真正踏上这片向往已久的土地时，我用力地呼吸，想要将这里的感觉嵌入我的身体，我仿佛实现了人生中的一个伟大梦想，完成了上辈子的夙愿。

活着真好。

◆◇ 第十三章
感恩之旅

-1-

2024年4月的一个深夜，我收到泰国好友发来的噩耗——她51岁的母亲猝然离世。就在几天前，这位阿姨还热情地邀我去家里吃饭，没想到转眼就天人永隔。消息来得太突然，我握着手机呆坐良久。

原来真正的离别不是桃花潭水，不是古道长亭，而是我们以为后会有期，却发现最后一面根本来不及说再见。这一刻，我比任何时候都更真切地体会到：生命如此脆弱，离别从不预告。

屏幕的微光中，我想起了另一位身在泰国的阿姨，我的恩人张秀兰阿姨。

2019年6月14日，在我向“白大褂”暗示我并非自己掉下悬崖的第二天，一位穿着蓝色T恤的阿姨来到我病床边，她温柔地说：“我叫张秀兰，负责翻译工作。”接下来的两天，65岁的张秀兰阿姨逐字逐句帮我做笔录，一直陪伴我到凌晨。我至今仍记得她握着我的手时传来的温度——那双布满皱纹的手温暖而有力，慈爱的目光让我这个异国他乡的受伤者，感受到了母亲般的关怀。

2019 年 7 月公诉开庭期间，张秀兰阿姨又担任了我的庭审翻译。我们从乌汶飞回中国时，她还专门赶到机场送行。临别前，我们一起去吃了顿火锅——明明该是我答谢她，她却悄悄结了账，笑着说这是请我的送行饭。

回国后，我们一直保持着联系。但从去年开始，我就再也没有收到过她的消息，心里一直非常惦念。不知道现在已 70 岁的她还好吗？我托朋友打听她的消息，却音信全无。

辗转反侧一整夜后，我决定重返泰国，去寻找并看望张秀兰阿姨，也去看看那些曾帮助过我、拯救过我的人。五年过去了，不知道还能不能找到他们，但我不想留下任何遗憾。

飞机在平流层平稳飞行，窗外不见云气，更没有飞鸟的踪迹。坐在飞机上，我想了很多，想起五年前的坠崖经历，我深感自己能活下来简直是个奇迹。但是，当我回到乌汶，真正重新踏上这片土地，我才发现：我能够平安地活下来，不是偶然，更不是奇迹，而是有幸遇到了这些灵魂里闪着光的人。他们善良淳朴，竭尽全力帮助我、守护我，没有眼睁睁地看着一条鲜活的生命被恶魔和死神带走。

乌汶是我的伤心地，我差点命丧于此，它在我心里留下了深深的阴霾，我曾以为我不会再回去了。然而，重回乌汶，我做到了，只为当面感谢那些曾拼尽全力守护我生命的人。

抵达泰国后，我立即联系了老友 T。我说：“我现在到泰国了，我想去一趟乌汶，你能陪我一起去吗？”

电话那头的T还在上班，他说："这样，你给我一个小时，我把工作安排好，一小时后我联系你。"

一个小时后，他给我打电话说，他已经订好机票，马上过来找我。

T是我在泰国最早结识的朋友，比我年长几岁。这十几年来，我们共同成长，有着深厚的友谊。我们一起探索世界，一起旅行，一起聊生意，一起交朋友，一起研究哪里有好吃的，一起学习。

T的中文是我教的。他的祖籍在中国，爷爷奶奶都是中国人，后来到泰国做生意，而他的父母都在泰国长大，中文不是第一母语。到了T这一代，他更加不会说中文了。但他始终记得他是中国人，所以他很想学中文。我们刚刚相识的时候，我就说："正好我也要学泰文，我教你中文，你教我泰文吧。"

十几年的相处过程中，我们互相扶持，早已超越了朋友和兄弟的范畴，更像是家人。

- 2 -

重返泰国的第一站，我来到了乌汶孔坚警署。

这里离当年抢救我的医院有两个半小时车程，禅猜警长每天下班后，都会开着自己的车来医院看我。虽然语言不通，我们无法交流，但他只是静静地坐在病床边，这样他就安心了——而他的出现，也让我感到踏实。

正是这位警长力排众议，以个人名义签下反保释协议，阻止了俞晓冬的保释申请。可以说，案件能顺利推进，他功不可没。更关键的是，若不是他及时通知开庭、协助补充证据，这场官司很可能就会是另一个结局。

车子缓缓停在乌汶孔坚警署门前，这里就是当年负责我案子的警察局。走向警署的每一步，心跳都越发清晰。我既期待又忐忑——五年了，该怎样向禅猜警长开口说第一句话？

快到门口时，一位穿警服的警员迎面走来。那一瞬间，不知哪儿来的力气，平日走路都吃力的我竟小跑起来——眼前的这位警员，正是当年救我于危难之中的“六人组”成员之一！心中顿时涌起一股难以言表的激动之情。我们朝对方走去，待走近彼此，我双手合十，深深弯腰鞠躬，那位警员也双手合十向我致意。

之后，警员望向我的腿，关切地问道：“腿好些了吗？”我微笑着回答：“好很多了。”随后，我们相互给予对方一个大大的拥抱。

进了警署，我并没见到警长禅猜，我翻开手机相册，指着当年围坐在我床边做笔录的禅猜问警员：“怎么没见到这位警长，是今天请假了吗？”

警员告诉我，警长禅猜已升迁，现在担任乌汶总警署局长。

我又指着坐在我床头的张秀兰阿姨问警员：“不知道你们有没有登记张秀兰阿姨的电话号码，我想找她。”

警员说，他来协助联系警长，并打听张秀兰阿姨的联系方式。

在泰国感恩之旅的跟拍镜头前，我正介绍着照片里的人物：“这是当初帮我做笔录的警长禅猜和警员，看这厚厚一沓材料。事情都过去五年了，正是他们救了当初惨不忍睹的我……”

这时，警员突然递来手机。我以为是禅猜警长，满怀期待与激动，对着手机轻声说了句：“Hello（你好）!”

然而，手机里却传来一个温柔的女声："Hello，你能听见我吗？"

我瞬间愣住了，万万没想到，这竟是我心心念念想要找的张秀兰阿姨的声音。我没料到警员如此迅速地帮我联系上了她，并成功拨通了她的电话。

"阿姨……"我哽咽着，或许是未曾料到会这么快就与她取得联系，我叫了一声"阿姨"后，喉咙就哽住了，不知该从何说起。我怔在原地，心中满是激动与喜悦，却难以言表。

能再次听见张秀兰阿姨的声音，感觉真是太美好了。她的声音依然如春风般和煦，让我感到无比亲切。

我们像久别重逢的亲人般在电话里寒暄，张秀兰阿姨不仅关心地问我身体恢复得如何，还问候了我的家人。挂断电话前，我们约好次日晚上见面。

离开警署前，我将精心准备的锦旗和伴手礼盒赠予了警员，并向他解释道："这面锦旗是送给你们的，可以挂在办公室里。在我们中国，如果遇到非常重要的事情，比如在医院被救或是遭遇危难后被警察解救，我们通常会制作一面锦旗来表达感谢。"

锦旗上采用了中泰文双语设计，内容如下：

To:

泰国乌汶府警察局

危难时刻神速破案

感谢泰国警察

Ms.Nuannuan

2024

这面锦旗是我特地从杭州带来的。说起这面中泰双语的锦旗，制作过程还真有些波折。我的要求是上面为中文，下方为泰文。然而，排版时就遇到了难题。一般来说，中国的锦旗是竖版设计，但如果我们也采用竖版，泰文排版就会显得杂乱无章，因此我们的锦旗只能做成横版。另外，泰文中包含一些特殊音符，打印店初次尝试时无法正确打印出来，反复修改了几次都不尽如人意。最终，我请T帮我翻译泰文部分，并由打印店按照这份翻译稿进行打印。我想，这样一面独一无二的中泰双语锦旗，在锦旗制作史上也算是开创了一个先例吧。

我与警员各自手持锦旗的一角，站在警署的门口合影留念。在拍照的那一刻，我发现这个场景异常熟悉，脑海中灵光一闪，忆起这个场景曾在新闻中见过——正是在乌汶孔坚警署的玻璃门前，俞晓冬被警察戴上手铐，押送上警车的那一幕。而今，我竟也站在这里，手握锦旗，向警察表达我的感激之情。同一个地点，跨越时间的两幕截然不同的画面交织在一起，带给我一种难以言喻的奇妙感受。时空在此刻奇妙重叠，这感觉太神奇了！

赠送完锦旗，我内心充满喜悦，仿佛完成了一项重要的心愿。然而，我又深感他们当初的恩情实在太重，我所带的锦旗和伴手礼盒似乎难以完全表达我的谢意。于是，我又去买了些水果篮折返警署。看着警员们收下礼物，仿佛了却一桩心事，却又觉得再多的礼物，也抵不过当年的救命之恩。

为了见到警长禅猜，我特意前往乌汶总警署。由于没能提前得到他升迁的消息，为他准备的锦旗送给了乌汶孔坚警署，于是我想方设法重新为他定制了一面锦旗。

警长禅猜见到我特别高兴，那双猎鹰般的眼睛里闪烁着温暖的光芒。

我说："希望我们以后每一年都能相见。如果你有假期，也可以来中国，看我们能不能在中国相见。"

他说："一切要随缘。"

这次见面，警长又送给我一份珍贵的礼物——他为我祈求的三块佛牌：药师佛保平安，善加财助事业，女王佛避灾祸。在泰国，这样的古佛牌都是孤品，蕴含着传承的力量。很难想象，禅猜警长会把这么珍贵的宝贝送给我，所以我双手接过佛牌时，眼睛都湿润了。我想，他一定是把无法言说的祝福都寄托其中，希望神明能继续护佑我。回国后我会将佛牌恭奉在家中，每日祈福时，就能感受到警长跨越国界的关怀。

-3-

第二天晚上，我回到了乌汶市区。在一家餐厅的露台上，我见到了张秀兰阿姨。

乌汶的夜幕尚未完全降临，浅紫色的天空飘着深蓝的云朵，远山被这层暮霭轻轻笼罩。晚风轻拂，我望见穿着姜黄色T恤的张秀兰阿姨站在露台白色栏杆旁，便一路小跑过去。

一见面，我们几乎同时张开双臂，紧紧相拥。这个拥抱承载了太多——五年的牵挂，五年的期盼，都在这一刻化作无声的温暖。阿姨身上传来淡淡的香气，是记忆中那个令人安心的味道。

“呀，这么漂亮啊！”张秀兰阿姨开口第一句话就让我的眼眶发热。

今天我特意化了精致妆容，穿着最得体的衣服。五年前躺在病床上那个奄奄一息的女孩，如今终于能以最美的样子站在恩人面前。我想让她知道，她曾经守护的那个生命，现在正在好好地绽放。

我俩紧紧地拥抱了一会儿，才缓缓松开，然后挽住手臂，细细端详彼此。

我轻声问她：“最近怎么样？”

张秀兰阿姨眉眼弯弯：“安然无恙。”这简单的四个字让我瞬间泪湿眼眶。

我忍不住捧住她慈爱的脸庞，想要把每一道皱纹都刻进心里。

“老了。”她有些不好意思地笑道。

“哪有啊！”我连忙反驳，她脸上的每一道皱纹都是岁月留下的印记，也深深烙在我的心里。

夜色渐浓，露台的灯光温柔地笼罩着我们。这一刻，所有的语言都显得苍白。

五年前，在坠崖事件发生后的第六天，是张秀兰阿姨以翻译的身份陪伴在我身边；五年后，时光悄然流逝，命运让我们再次重逢。万千情绪在心口翻涌——感动、感激、欣喜、激动，所有真挚的情感交织在一起，最终化作相视一笑中闪烁的泪光。

当我终于见到张秀兰阿姨时，我内心如释重负。直到重逢的这一刻，我才真正明白：生命中最动人的风景，莫过于久别重逢的温暖。

我忽然领悟：人生最珍贵的礼物是相遇，而比相遇更动人的，是历经岁月洗礼后的重逢。

五年前，乌汶警方在调查案件时面临的首要难题就是语言障碍。据警长禅猜后来告诉我，为了寻找中文翻译，警方动用了所有人脉资源，最终才找到当时已经 65 岁的张秀兰阿姨。

张秀兰阿姨并非专业翻译，她是乌汶农业大学的一名老师，专业领域与金融相关。但她从小就对中文感兴趣，一直坚持自学。由于乌汶地处边境，很少能见到中国人，她也很少有机会用中文与人交流，全靠自学摸索。

在她 42 岁那年，张秀兰阿姨做出了一个重大决定：她意识到仅靠自学难以达到精通，想要系统学习中文，真正掌握这门语言，必须置身于纯正的语言环境中。于是，她申请了停薪留职，并成功获得在北京大学进修两年中文的机会。安排好家中事务后，她便只身前往北京留学。

在北京的两年时间里，凭借之前的自学基础和刻苦学习，她很快就能流利使用中文。经过中国文化的浸润，她的中文水平基本达到母语程度。她的泰文名字很长，来北京前没有中文名字，“张秀兰”是她在北京大学求学时期，导师为她起的名字，她非常喜欢，一直沿用至今。

42 岁对女性而言是个特殊的人生阶段，工作与家庭的双重压力如同铁轨，让人只能不断前行以防脱轨。在这样的年纪选择暂停事业去留学，需要莫大的勇气。更何况还有经济压力——留学的最大难题就是费用。她已步入中年，上有老下有小，开支庞大。加上她生活在泰国边陲小城，收入有限，尤其是中泰两国的收入差异巨大，北京的生活成本更是高昂。

为了实现去北京留学的梦想，她节衣缩食多年。那些年里，她连新衣服都舍不得买，省吃俭用只为攒够留学费用。

当我得知张秀兰阿姨这段经历时，内心深受触动。42 岁对一位女性而言，正是家庭与事业都需要兼顾的年纪，上有老下有小，很难抽身。但张秀兰阿姨却毅然放下一切，挣脱工作、家庭和孩子的束缚，为了自我提升，孤身一人远赴异国他乡求学。

从张秀兰阿姨身上，我看到了女性坚韧的力量和自我觉醒的勇气，这正是最打动我的地方。无论是她毅然求学的决心，还是克服万难的毅力，抑或是终身学习的精神，都让我由衷敬佩——在我眼中，她是一位真正了不起的女性。

从北京留学归来后，张秀兰阿姨继续在乌汶农业大学任教。平日里只要有任何用到中文的机会，她都不会轻易放过。最为奇妙的是，她和我结缘的经过。

当我的案件突然出现在乌汶，警方得知我是中国人，需要与中国人沟通，第一时间就是找翻译。可惜乌汶只是边境小城，不是曼谷，找翻译异常困难，因为这里根本就没有专业的翻译，即便出高价也找不到。警方只能通过他们的资源和渠道，去各个学校里询问是否有懂中文的老师或学生。然而边境的学校并没有开设语言专业，因此，警方一度陷入困境。

就在这个节骨眼上，张秀兰阿姨无意中听说警方在找会中文的人。她自告奋勇地找到警察局局长，说："我会中文，我或许可以帮忙。"警长一听，眼前顿时一亮。真是踏破铁鞋无觅处，得来全不费工夫。就这样，警方启用了张秀兰阿姨作为我的翻译。

张秀兰阿姨跟警方说："我虽然没干过专业的翻译工作，但我有信心把这个案件的翻译做好。”张秀兰阿姨之所以强调“专业”，是因为这里面确实有很多门道。

这个门道也是警长禅猜透露给我的：在中文和泰文互译时，很容易出现语序错误，导致虽然能读懂字面的意思，却无法准确判断字面以外的深层含义。这便是警方一直认为张秀兰阿姨是最佳人选的原因。她不仅中文纯熟，更难得的是，她兼具善良的心地和敏锐的头脑。

在听完我坠崖前后的陈述后，警方曾询问她的看法：“你觉得是女方在撒谎，还是男方在撒谎？”张秀兰阿姨仔细梳理了整个事件的逻辑，明确表示：“女方说的是实话，是男方在撒谎。”她还条理分明地列举了几点怀疑依据。警长禅猜曾感叹，张秀兰阿姨不仅翻译准确，更具有独立思考判断能力。当我得知这些细节时，感动得热泪盈眶。在整个案件的侦办和一审过程中，她绝不仅仅是一个翻译，更是倾注了自己的情感和心血。

说来都很神奇，张秀兰阿姨从未正式从事过中文翻译工作，却无心插柳柳成荫地参与了我的案子，还在其中发挥了重要作用，留下了浓墨重彩的一笔。对此，她自己也感到很欣慰。整个案子庭审结束后，她跟我说：“我没想到，我年轻时的一个爱好，居然能在年老的时候，在你的案件上发挥如此大的作用！”言语中满是对人生的自豪与肯定。她为证明学习的价值而欣喜，也衷心祝愿我能拥有美好的未来。

在张秀兰阿姨身上，我真切地看到了善良的光辉、美好的品质，以及女性坚韧的力量。

如今五年时光过去，张秀兰阿姨已经 70 岁了。俗话说，人到七十古来稀，在泰国，70 岁更算得上是高寿。虽然她精神矍铄，思维依旧敏捷，但我发现她比照片上消瘦了许多，体重只有七十多斤。看着她单薄的身影，我心疼极了。

“阿姨，您怎么瘦了这么多？”我轻声问道。

她淡然一笑，说：“年纪大了，不爱动弹，也没什么胃口，一天只吃一顿饭，早中饭合并，晚饭基本不吃，饿了就吃点饼干垫垫。”

听着她平静的叙述，我的眼眶一下子湿润了，不自觉地紧紧握住她那双布满皱纹的手。这双手，五年前在医院里也曾这样紧握过我的手，让我相信泰国警方是真心来帮助我的。

她告诉我，最近手总是发麻，时不时还会感到针刺般的疼痛。她说她已经约了曼谷的专家给她看病。

“我希望我能陪你去。”我脱口而出。

五年前，是她在医院里陪着我，在法庭上守护着我。如今，我想牵着她的手，陪她去看医生，给予她力量和爱。如果曼谷的医生解决不了，只要她愿意，我一定要带她来中国治疗。

虽然见面时我已经准备了果篮和中国特色的礼物，但总觉得这些远远不够表达我的心意。我打算做一份特别的礼物——收集视频评论区所有粉丝的祝福留言，翻译成泰文，打印下来装订好寄给她。当我把这份沉甸甸的祝福交给她时，我会告诉她：“这是我和 300 多万粉丝对您的祝福。我会永远感激您给予我的帮助，粉丝们都希望您能健健康康、快快乐乐，长命百岁。”

张秀兰阿姨已经 70 岁了，对于物质和金钱，她早已看淡。但这样一份承载着无数人真挚祝福的礼物，定会成为她最珍贵的珍藏。

我从张秀兰阿姨身上学到了很多，她用自己的人生告诉我们：

虽然无法延长生命的长度，但可以通过终身学习和善良勇敢，拓展生命的宽度，让生命变得更有意义。

-4-

重返泰国的第二站，我来到了当年把我从鬼门关抢救回来的地方——乌汶府第二人民医院。

五年前，一个支离破碎的我被抬进这里；五年后，一个重获新生的我再次站在这里。

乌汶医院 ICU 护士站旁边那个单独的小房间，就是当年我住过的 ICU VIP 01 号病房。当年，我就是在这里被完全隔离，大部分时间只有俞晓冬跟我在里面，他让我每天都压抑得喘不过气来。那时的我几乎处于半死不活的状态，唯一的意识就是跟俞晓冬斗智斗勇：他想方设法置我于死地，而我则绞尽脑汁要将他绳之以法。

五年时光流转，这里早已物是人非。护士想必是换了一拨又一拨，新来的护士自然不认识我。她们友善地建议："只要有照片，我们一定能帮你找到人。"可当我翻找手机相册时，却尴尬地发现，我竟连主治医生"白大褂"的正脸照都找不出来。我怔在原地，扒拉了半天手机，才找出一张他的侧脸照。

幸运的是，侧脸照很快就帮我找到了白大褂，我想这大概是人帅心善的白大褂在护士中间拥有良好群众基础的原因吧。拨通他的私人电话后，他爽快地答应马上过来。

白大褂叫明，他见到我时显得格外高兴，他努力用中文说道："我记得你，你是我的一个病人，你是那个掉下去的坠崖孕妇，你的脑

不是太重的病。”（注：当时头部 CT 检查显示没有严重颅内损伤）

说完，明医生强调，他今天没有穿医生制服，觉得不正式，他马上回办公室，给他两分钟换上。十分钟后，换好制服的明医生先去看望了他的病人，然后我们一起合影留念。

我递上准备好的水果篮、从中国带来的礼物，还有一面锦旗。

“你知道这是什么吗？”我举着锦旗问他。

他好奇地问：“什么旗？”

我指着锦旗上的字解释：“这是感谢医院和医生的锦旗，感谢你们在我危难的时候呵护生命，上面写着‘医者仁心，济世救人’，看得懂吗？”

他点点头：“看得懂。”

我又指了指锦旗的落款处，说：“这是我的名字。”

将锦旗交给他时，我说：“这面锦旗送给你们，可以挂在显眼的地方，让所有的人看到，他们会知道你们之前救了别人，做得很棒。”

明医生接过锦旗，连声道谢：“谢谢，谢谢，谢谢你们啊，谢谢中国人！我们知道中国比泰国大，还有医院医生比泰国好，但你们还选择来泰国，我很开心。”

明医生还说我非常懂得感恩。我能在身体康复后专程回到泰国，感谢当时救治过我的人，让他们非常欣慰。据说当地民众看到相关报道后，也都称赞我是个知恩图报的人。

我对明医生说：“常怀感恩之心，才能走得更长远。”

临别时，明医生表示欢迎更多中国朋友来乌汶，还开玩笑说我凭一己之力提升了中国人在当地的形象。

看着他脸上绽放的笑容，我的思绪不禁回到那个危急时刻：当俞晓冬企图将我转院实施二次伤害时，正是明医生死死抓住病床护栏，坚决地说："我们还是不能放她走。因为她是一条生命……我们不能眼睁睁地看着一条鲜活的生命死去。"

感恩所有守护过我的人。命运何其讽刺：最亲密的枕边人想置我于死地，而素不相识的陌生人却拼尽全力抢救我回人间。这份恩情，我将永远铭记于心，化作前行的力量。

-5-

走出乌汶医院，朋友T问我："要不要回帕登悬崖看一看？"

我愣住了，一时语塞，心跳突然加速。

那一刻，莫名的恐惧感和紧张感深深攫住了我。我不知道自己还有没有勇气回那个悬崖。

这次重返泰国缘于担心张秀兰阿姨，想来看看她，同时，也想感恩那些曾经救助过我的人，对他们当面说声感谢，表达感恩之心。但我并没想过要去帕登国家公园的悬崖——那个噩梦开始的地方，光是想想就让我呼吸困难。这几年，听到有人提到山，提起悬崖，我就会变得惊恐和紧张，有时坐电梯突如其来的失重感，都能让我瞬间回到那个可怕的坠落时刻。

如果不是朋友T提起，我绝对不会主动想要去那个给我带来心理阴影和重大创伤的地方。毕竟患有创伤后应激障碍的人，很难去面对那个如梦魇一样的悬崖。

回悬崖还是不回悬崖？选择逃避还是勇敢面对？在恐惧与勇气的拉锯中，我最终选择了后者。想到张秀兰阿姨温暖的双手，乌汶警察坚定的眼神，医护人员精心的照料，还有无数网友给我的鼓励——这些爱与力量，足够支撑我重新站在那个差点让我丧命的地方。

于是我在经历了内心的震荡与挣扎后，深吸一口气，对T说：“可以的，我们去帕登国家公园。”

我告诉自己，我必须再次回到崖顶，就像一部讲述一个女人重生的电影：开场时，她坠下悬崖，结局时她重新站在崖顶。而中间这段历程，就是生命最闪耀的蜕变，也是女主角的人物弧光。这一次，我要亲眼见证自己的重生。

就这样，重返泰国的第三站，我来到了乌汶帕登国家公园。

从乌汶府第二人民医院去帕登公园需要两个半小时的车程。这是我第一次认真看清这条路——一条铺满大小不一的石子的土路。当年我躺在救护车里，只感觉这条路颠簸得难以忍受，每分每秒都是煎熬，现在才发现路虽颠簸，但颠簸程度尚可承受。可见，路的颠簸程度也取决于人的身体状况和心理状况。望着窗外飞扬的尘土，那些被救援的场景又浮现在眼前，恍如昨日。

车子缓缓驶上山路，向帕登国家公园进发。通往帕登公园只有这一条山路，而就在这条路上，曾经发生过一个惊人的巧合：当时，救护车正驶上山路赶去悬崖救我，而俞晓冬却开车沿着山路下山准备逃往机场。两辆车就这样在山路上狭路相逢。俞晓冬在这条路上看见救护车，觉得事有蹊跷，立刻掉转车头，跟随救护车回到帕登国家公园。之后救护车救上我去了医院，他也开车跟着救护车去了医院。如今重走这条救护车与俞晓冬相遇的山路，我才发现这条山路并没有想象中那么长。如果救护车晚来一会儿，两车便会错过——俞晓冬的车一旦下了山路，在前面就会拐上通往机场的路。那样的话，他很可能就此逃回中国，再也不存在后来的立案和抓捕了。毕竟中泰之间没有引渡条约，也未缔结关于犯罪嫌疑人移交的司法合作协议，案件调查将面临跨国追诉的困难。

望着眼前蜿蜒的山路，我不禁感叹命运的玄妙，似乎所有发生的事情，冥冥之中自有天意。

车窗外，泰国的边境风光依旧壮丽如昔。奇特的风化砂岩地貌犹如天然雕塑，有的如擎天巨柱直插云霄，有的似磨菇伞般巍然耸立。帕登国家公园以迎接泰国第一缕阳光而闻名，由于每天的日出时间都不同，公园专门设立了人工计时，精确记录着这神圣的时刻。遗憾的是，那天和俞晓冬在悬崖守候日出时天公不作美。厚厚的云层遮蔽了朝阳，我们只看到一片朦胧的光亮穿透云层，始终未能得见太阳的真容。不知不觉间，天色已然大亮……

思绪间，车子已驶入帕登国家公园，那些熟悉的景色再次映入眼帘。它们依旧如初，仿佛千万年来都未曾改变分毫。然而此刻，我的心思却全然不在这些美景上。我只想快点见到当年那些救我的恩人，这份想要重逢的迫切心情，早已盖过了一切风景。

车子在公园里继续前行了十多分钟，终于停在了公园办公处前。

走进公园办公处时，我很紧张，一颗心悬到了嗓子眼。我们没有提前预约，也不知道能不能见到他们。我甚至在想，他们会不会已经不在这里工作了？他们会不会今天没上班？他们会不会早已忘记我是谁不认识我了？那一瞬，各种念头在脑海中翻涌。不过，我的脚步并未停下，而是顺着办公室的台阶一步一步往上走。台阶是木质的，每走一步，脚下就传来“咚、咚、咚”的空响，我的心也在“咚、咚、咚”打鼓。

我怀着忐忑不安的心情，缓缓推开了办公处的老旧木门。随着“吱嘎”一声响，一股冷气迎面扑来——在乌汶四五十摄氏度高温的夏季，连鸡蛋都能被烤熟的酷热天气里，办公处的空调显得格外清凉。这突如其来的凉意让我心头一颤，那扇木门的“吱嘎”声也仿佛叩在了我的心上。

办公室里约莫有五六个人，各自忙着手头的工作。有人低头打字，有人伏案书写。忽然，一个穿着迷彩制服的背影闯入视线——那是帕登公园的巡逻制服。虽然他只给了我一个侧背的身影，但我对他印象太深了，还是一眼就认了出来！没错，他就是当年握着我的手，一遍遍说着“You are safe!You are safe”的第一个救援者。

不知为何，我的反应出奇地快。根本不需要辨认，心底就有个声音在说：就是他。

在看到他的那一刻，我不由自主地迈开双腿，小跑着向他奔去，嘴里念叨着：“我找到你了！就是你，就是你当年救了我。”

五年了。从当初满脸血污、奄奄一息地躺在他面前，到现在妆容精致地站在这里；从当初支离破碎的身躯，到现在能跑能跳——这变化有多大啊！可就在我们对视的那一瞬间，我分明看到他眼中闪过一丝光亮，他认出了我。

他的眼神从最初的惊讶，到难以置信，最后化作欣慰与感动。他紧紧握住我的手，又轻轻捏了捏我的肩膀和手臂。虽然语言不通，但这个动作已经说明了一切——他在确认我的身体恢复情况。我能读懂他眼中的不可思议：那个从悬崖坠落的女人，他们大概以为这辈子都要卧床不起了吧。可万万没有想到，时隔五年，我居然如此鲜活地站在他面前。

当时参与营救我的六个救援者，两人今天休息，三人外出巡逻，只有他一个人在办公室。而他会出现在这里纯属巧合，是临时回来取枪的。听说边境有人偷伐木材搞破坏，他们需要拿枪去巡逻。他回来取枪的时候，我刚巧进办公室，就这样跟他相见了。其他工作人员跟我说，如果他取完枪去处理边境的事，至少两天才能回来。

我再次感叹，一切冥冥之中自有安排，所有的巧合仿佛都是上天的安排。

办公室里其他工作人员有的刚来不久，有的听说过我的事。认出我后，他们都围了过来，簇拥着我。一位女同事轻轻抚摸我的手臂，用泰语问我："恢复得好吗？一切都还好吗？"

看到我现在健康又美丽的样子，他们都欣慰不已。谁能想到，当年那个血肉模糊的受伤者，如今能这样完好地站在这里？

那一刻，在那个小小的木屋里，所有人的爱意如同江湖入海一样全部汇聚到一起。无论男女老少，大家都抱在一起痛哭，这场面就像电影里的情节，却真实地发生在我生命里。

我们相认后，工作人员连忙跑出去通知其他人。不一会儿，外出巡逻的三个救援者都迅速赶了回来。大家百感交集，互相拥抱。渐渐地，公园里的工作人员都闻讯赶来，连售票处的姐姐也放下工作跑到办公室。我的归来让整个公园都沉浸在喜悦中，就像过年一样热闹欢腾。

售票处的姐姐更是喜极而泣。我问她："你来了以后，门口就没有人检票了，游客直接进来了，怎么办？”姐姐说：“无所谓了，你能够重新回到这里，是比什么都重要的天大的喜事，今天就算让他们全部免费进来玩又怎么样呢？”

他们待我的这份真心，让我深受感动。

其实来泰国前，我曾设想过无数可能，最坏的结果就是白跑一趟。没想到这趟泰国感恩之旅圆满得超乎想象——我几乎见到了所有曾帮助过我的人。

一趟不确定的行程走下来以后，我发现几乎所有的人还在原地。能够再次见到他们，亲口跟他们说谢谢，与他们握手拥抱，表达我的感激之情，这是何其幸运！

略感遗憾的是，有三位恩人未能寻得。这次听说是一对迷路的夫妻最早发现了我，若非他们及时报警，我可能早已命丧崖底。还有当年做证的小卖部阿姨，因疫情生意倒闭，已回乡养老。虽然无法当面致谢，但他们的善意已融入我的生命。我明白，感恩的真谛不在于回报个人，而要将这份爱传递下去，帮助更多需要帮助的人。

原本回来取枪的救援者要带着其他三人前往边境执行任务，因为我的到来，他们特意改变了行程。帕登国家公园的园长已经派其他工作人员去执行巡逻任务了，而这四位救援者负责带着我重新攀登帕登国家公园的悬崖。

我们登上悬崖，我慢慢走到悬崖边，走到当时俞晓冬问我“你这辈子有没有什么遗憾”的地方。在那里驻足片刻，万千思绪涌上心头——短短几年时间，物是人非，在我的生命里发生了那么多事情，而当时的我竟如此迟钝，丝毫没有察觉他想要结束我生命的意图。

沿着悬崖边，我走走停停，停停走走，最终走到俞晓冬把我推下悬崖的那一处崖顶。

当时这里是一片密林，远离游客路线，超出了正常游览区域。俞晓冬特意引我进入密林，是因为密林里的灌木有一人多高，完全遮挡视线。只要他在这里动手后迅速离开，茂密的植被和缺乏监控的环境，就能成就他所谓的“完美犯罪”。

如今时过境迁，季节轮转。曾经郁郁葱葱的灌木早已枯萎，光秃秃的枝干让这里一览无余，从十几米外就能看清状况。而案发时的 6 月 9 日，正值乌汶雨季，茂盛的枝叶形成了天然的遮蔽，阴差阳错地成了他理想的作案地点。想来真是讽刺：坏事的发生需要天时地利的巧合，而好事的降临，又何尝不是种种机缘的成全。

如今崖顶通往密林之处，因为我的事件竖起了警示牌，警示牌上用泰文、英语、中文写着：“死胡同，非请勿进。”

我站在那里望着警示牌出神时，朋友 T 走过来，突然向我提出一个灵魂拷问，他说：“你要不要去你坠崖的崖底看一看？”

这句话让我心头猛地一颤。坦白说，我从未想过要重回崖底——那里本就不是游览区域，山路崎岖难行，更何况我才刚刚重新学会走路不久。但转念一想，既然已经走到了这里，还有什么好退缩的？99 步我都走了，还差这最后一步吗？何况当年救我的四位救援者此刻都站在我身旁，他们的存在就像无声的力量，让我感到前所未有的勇气。

我能感觉到自己正在一点点变得强大，仿佛体内有什么东西在不断积蓄能量，让我变得比从前更加勇敢。最终，我抬起头，斩钉截铁地对 T 说：“好，我们下去看看我坠崖的地方。”

四位救援者的眼中闪过一丝讶异，但很快化作了坚定的支持。他们默契地点头，决定陪我一同下到崖底寻找当年的坠落点。

通往崖底的路比想象中更为艰险，非常崎岖，异常难走。我们不得不放慢脚步，在几个特别陡峭的路段，四位救援者轮换位置，从两侧小心翼翼地搀扶着我前行。有些地方根本无法直立行走——突兀的峭壁和经年累月形成的半身高溶洞，迫使我们不得不像蹒跚学步的孩童般弯腰前行。这段路对我而言简直难如登天，但他们始终耐心地守护在侧，仿佛这不是一次简单的重返，而是一场庄严的生命仪式。

终于，他们陪我走到我当年坠崖的地点。我一眼就认出了这里——当年我正是头朝上脚朝下坠落在这处斜坡。翻开手机里救援者当年拍摄的照片，反复比对确认后，我缓缓坐了下来。

整整五分钟，我沉默不语。那一刻，所有的记忆如潮水般奔涌而至：坠崖的瞬间、五年来的种种……庞大的信息量几乎让我的大脑超负荷运转。我只能静坐着，任由这些画面在脑海中翻腾。朋友 T 和四位救援者体贴地保持着距离，他们静静地警戒着四周，提防可能出现的野生动物，给我留出了独处的空间。

重返崖底，让我对生命又多了几分敬畏。坐在崖底，我以不同于当年躺在崖底的心境重新发现了一些有关生命的答案：

那面光秃秃的峭壁上，奇迹般地生长着一棵小树。它纤细的树干从岩缝中顽强伸展，恰好位于我坠落路径上，在离地 10 米处给了我关键的缓冲。如今，这棵曾被撞断的小树已重新生长，我用随身携带的矿泉水向上挥洒，去浇灌它，以最朴素的方式表达感激，我相信树神会接收到我的心意。

坠落点的地形更令人后怕：左侧是锋利如刀的岩石，右侧是直指苍穹的竹林。只要偏差 20 厘米，我必定命丧当场。这个看似必死的绝境，却留下了一条生路。救援者们看清地形后都说，这存活概率不到万分之一，而我却奇迹般地活了下来。

站在崖底，我忽然明白：俞晓冬精心策划的“完美谋杀”，终究敌不过天意。他用 34 米高的悬崖布下杀局，而上天却用 10 米高的小树和 20 厘米的安全距离，为我打开生门。

因此，我对生命多了深深的敬畏，并且对俞晓冬谋杀我这件事又多了一层新的看法。举头三尺有神明，人在做，天在看。他已经布置了一个完美的犯罪现场，并且已经动手成功了，但是神明偏偏不允许他成功，让我活了下来，将他绳之以法。

五年前，我在几秒的时间内坠落悬崖，又被人抬上来；五年后，我决定一步一步走下去，再一步一步走上来。

这段路程，是我用五年时光书写的重生史诗：从情感遭遇背叛到全身骨头尽碎，从灵魂遭遇暴击到深陷抑郁泥沼，处处皆是暗夜、耻辱、悲凉……当我拄着拐杖，拖着残腿，凭借自己的力量一步步登上崖顶时，这一切都被我丢在崖底。

站在悬崖之巅，阳光洒在我的肩头。2019 年 6 月 8 日，那个穿着蓝色背带裤、叉腰微笑的孕妇，在坠崖前 20 小时定格了最后的身影。而今，五年时光流转，同样的悬崖边，同样的姿势，粉色衬衫下的我腹中正孕育着新生命。

微风拂过，我轻轻抚摸隆起的腹部。宝宝的存在，给了我直面这个噩梦之地的勇气。在这里，过去与现在的身影渐渐重叠——那个支离破碎的旧我永远留在了崖底，而崭新的我们，正在这里重获新生。

这一刻，我完成了生命最壮丽的涅槃。

望着远处连绵的山峦，我终于能够平静地与五年前的自己挥手作别。因为我知道，唯有真诚地告别黑暗，才能拥抱真正的自由；唯有勇敢穿越恐惧，才能抵达生命的开阔之地。

◆◇

后　记

重生不是奇迹，而是选择

我至今记得俞晓冬左胸前的刺青——半面佛陀低眉垂目，半面恶魔怒目獠牙，菩萨的慈悲与恶魔的狰狞在同一张脸上疯狂滋长。

第一次见到这佛魔同体的刺青时，我曾震惊得说不出话。

俞晓冬说："人性本就是善恶一体，一念为佛一念为魔，我把半面魔脸刺在边上，而把半面佛脸刺在靠近心脏的位置，就是想让佛性离心近些。"

然而，当他亲手将我推下 34 米高的悬崖时，崖风呼啸中，那个刺青扭曲成了最残酷的讽刺。

那一刻我突然明白：善恶从来不是文在身上的图腾，而是刻在骨子里的选择。

坠崖后，我经历了无数次身体和灵魂的至暗时刻。

当我躺在悬崖底下等待死亡来临时，当我躺在病床上听俞晓冬威胁我“敢报警就弄死你”时，当我被医生宣判“你再也站不起来了”时，当我收到二审改判十年的判决书时，我也曾想过放弃。

可总有什么在拉住我下坠的灵魂——是医护人员拼命拦住病床说“我们不能眼睁睁地看着一条鲜活的生命死去”；是警长禅猜顶着压力以警长的名义签下反保释协议；是朋友武元颤抖着手录下关键证据；是小卖部的阿姨站上法庭的证人台为我做证……

母亲曾说：“这世上有人往井里扔石头，就有人往井里扔绳子。”我身处深渊时，正是这些扔绳子的人，让我抓住了人性的光。

有人问我：“你摔得粉身碎骨，全身打了117根吻合钉，怎么还能站起来？”

我的答案藏在复健室地板的汗渍里，藏在深夜咬毛巾忍痛的齿痕里。从瘫痪在床到站起来行走，我花了四年时间。四年间我不断告诉自己：“每个人都是生下来后才学会怎么走路的，我只是在中途摔的伤重了些，需要重新学走路。”

当人们劝我“活着已是万幸，何必再上诉”时，我坚持打官司，终于等到终审改判33年零4个月的那天。正义从来不会从天而降，它需要有人一遍遍叩响审判之门。

“如果命运是世上最烂的编剧，那么，你就争取做你人生最好的导演。”——这是拿到二审判决书时，我在日记本上写下的话。现在，我想把它送给所有在黑暗中跋涉的人。

六年来，那个佛魔刺青常闯入我的噩梦，佛的那半张脸在微笑，魔的那半张脸在嘶吼。但当我从噩梦中惊醒，总会想起禅猜警长的话：“他文的是假佛，可救你的人心里供着真佛。”

是的，这世上有人为贪欲把妻子推下悬崖，就有人为陌生人赌上职业生涯；有人用婚姻当谋财害命的工具，就有人用手术刀缝补破碎的生命。

做完手术清醒后的清晨，我在ICU病床上望着输液管里流动的阳光，突然明白：“我被恶拽入深渊，却被善托举上岸。”

正因如此，我在经历了坠崖的恶性事件后，仍然坚定地选择善，相信善，传递善。我选择把伤疤变成勋章，把伤痛化为爱意——在直播间教女性识别PUA陷阱和亲密关系暴力，给婚姻受害者做心理援助，为残障人士和儿童送去关怀。

有人问我：“你不怕再被伤害吗？”

我指了指左腿上长长的疤痕，那是我做手术留下的烙印：“你看，连伤口都能长出新皮肤，骨头都能重新生长，人心凭什么不能？”

曾经我以为，自己能活下来是个奇迹，如今才明白：重生从来不是奇迹，而是选择——是善良的人一次次选择向我伸出援手，也是我一次次选择踏上最难的路，在生命的绝境中劈出新的可能。

六年后的今天，我仍然会痛。钢钉每天都在摩擦我的骨头，每走一步，都会疼痛；失去孩子的伤口也曾在某些时刻发作，就好像内心被撕开一道黑洞。

但当儿子源宝用小手摸我脸上的泪痕时，我突然懂得：重生不是抹去伤痕，而是学会带着伤痕奔跑。那些劝我“放下”的人不知道，真正的告别不是遗忘，而是将荆棘编成王冠。

写这本书的过程中，我重返帕登悬崖，崖底的青苔早已覆盖血迹。我可以重新站在当年坠落的地方，也可以一步步爬上崖顶——你看，那些杀不死我们的，终将成为让我们飞翔的翅膀。

西班牙作家乌纳穆诺说："除非我们被刺痛，否则我们不会发现，自己拥有一颗灵魂。"

我从不"感谢伤害"，但我感谢没放弃的自己，感谢每双托住我的手，感谢这个让我依然相信善良的人间。"世界以痛吻我，我仍报之以歌"——不是因我高尚，而是歌声能刺穿最厚的阴霾。

既然命运让我同时承受身体与心灵的双重淬炼，我就要让每道伤痕都成为照亮他人的星火。

写下这本书，是想和你分享我如何一次次从命运的泥潭里爬出来，如何在破碎的生活里重新站稳，又如何在受伤的身体和心灵上，慢慢长出新的希望。哪吒有宝莲重生，而我们普通人，只能靠着自己一点一点修补，在疼痛中重塑自己。我给自己取名"暖暖"，是想记住那些曾温暖过我的人，也想把这份温暖传递给更多需要的人。

我鼓起勇气，将那些最痛的记忆重新翻开，不是为展示伤痕，而是想让你看见：再深的黑暗里，也会有光透进来。

亲爱的读者，如果此刻你正处在人生的悬崖边，请相信，裂痕不会终结你的故事，它反而可能成为光照进来的地方，最深的裂痕也能绽放向光而生的勇气。每个人都会经历低谷、伤痛和至暗时刻，但那些杀不死你的，终将使你变得更强大；所有打不垮你的，终将成为你的翅膀；所有你扛过去的苦难，都会变成托起你的力量。

愿这本书能像夜里的星光，在你迷茫时给你一点光亮；也愿它像一粒种子，陪伴你在任何境遇中破土而生。

生命的可贵，不在于永不坠落，而在于每次跌倒后，都能带着更完整的自己，重新站起来。

王暖暖

2025 年 4 月 20 日于杭州

所有打不垮你的，终将成为你的翅膀。

谨以此书献给所有在绝境中依然选择重生的人

2015 年
为了实现梦想，独自去曼谷创业。

2016 年
几经波折创业成功，实现环球旅行的梦想，图为在瑞士滑雪。

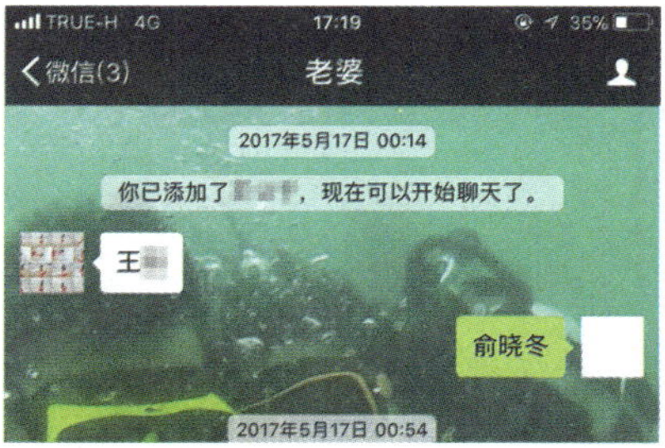

2017 年 5 月 17 日，凌晨 00:14
初识俞晓冬。

2017 年 7 月 15 日
和俞晓冬领结婚证。

2019年6月8日13:46

乌汶帕登国家公园悬崖

俞晓冬主动提出让我站过去要给我拍照，此时离我次日坠崖约20小时。从此崖顶成了我噩梦的开始……

2019年6月9日

乌汶帕登国家公园崖底

我坠崖后，公园救援人员奋力营救，给了我生的希望。

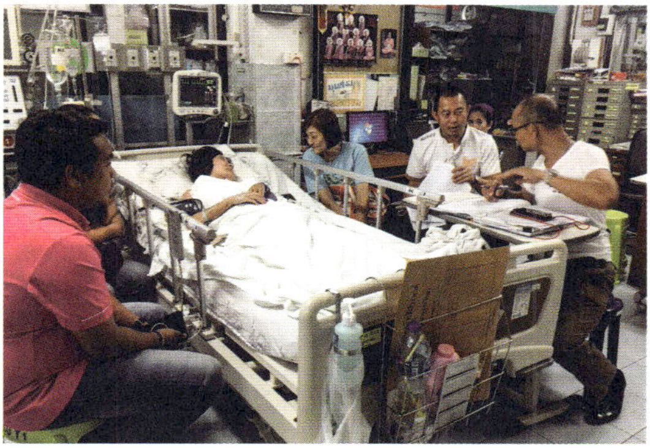

2019 年 6 月 14 日
乌汶府第二人民医院普通 ICU
我从 ICU VIP 转移到普通 ICU，紧邻护士台，警方六人组连夜做笔录。

2019 年 7 月 15 日公诉结束后
乌汶拉查塔尼机场
踏上回国之路。警长、秀兰阿姨与曾伸出援手的人们前来送行。

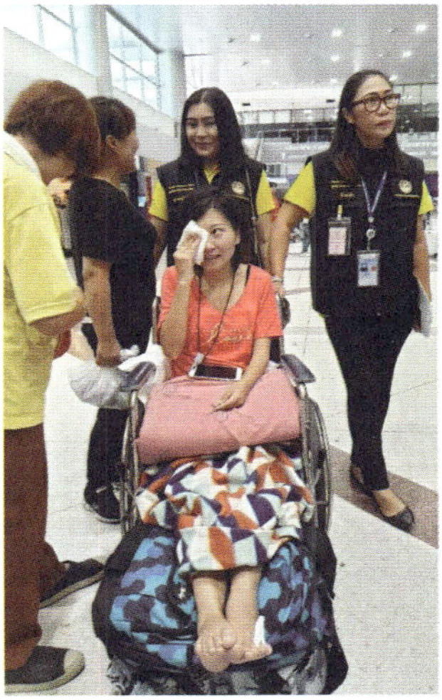

泪别秀兰阿姨。
相识虽短，恩情厚重。

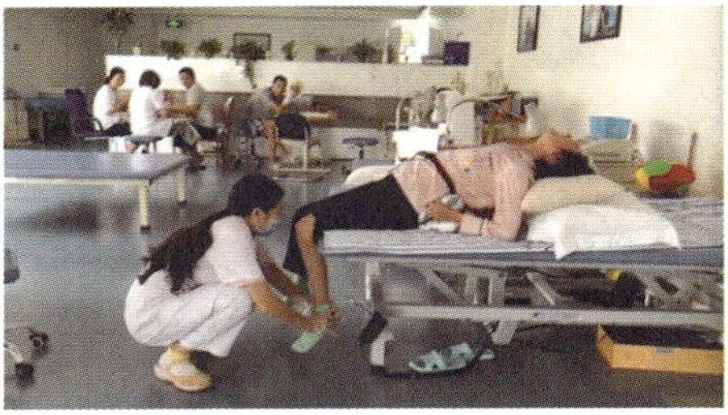

2019 年 7 月底

回国后，我开始了漫长的康复过程。图为护士帮我掰膝盖关节时，我疼得发出杀猪般的号叫，引得病人及家属侧目。

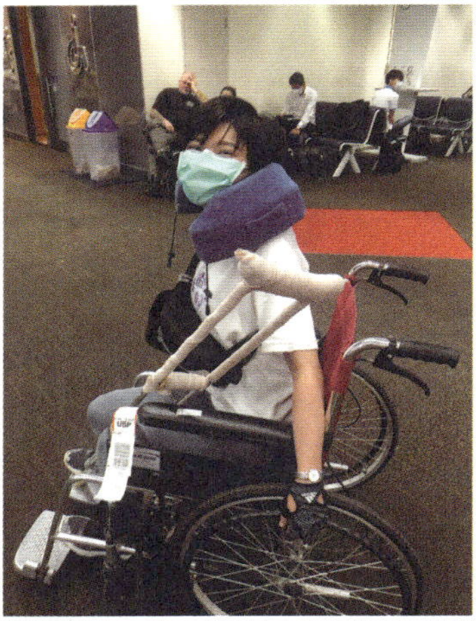

2020 年 1 月 30 日 | 乌汶拉查塔尼机场

我坐着轮椅启程赴乌汶府，出席“坠崖案”首次庭审。

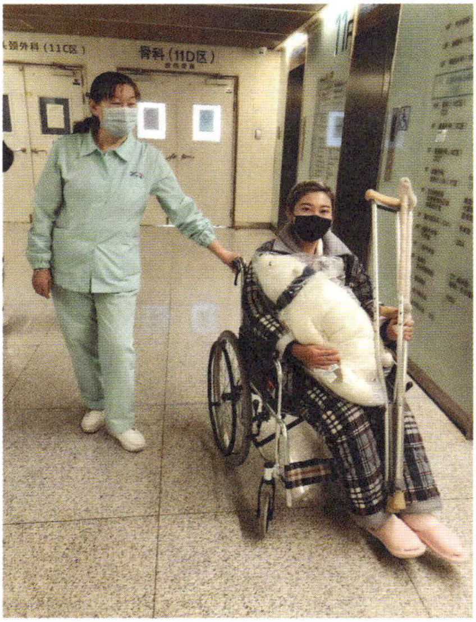

回国后，我做过八次手术，成了医院的常客。很多骨科专家不止一次指出，我能活下来已经是奇迹，这辈子都别想像正常人一样走路了。但是我的主治医生一直鼓励我，没有放弃我。

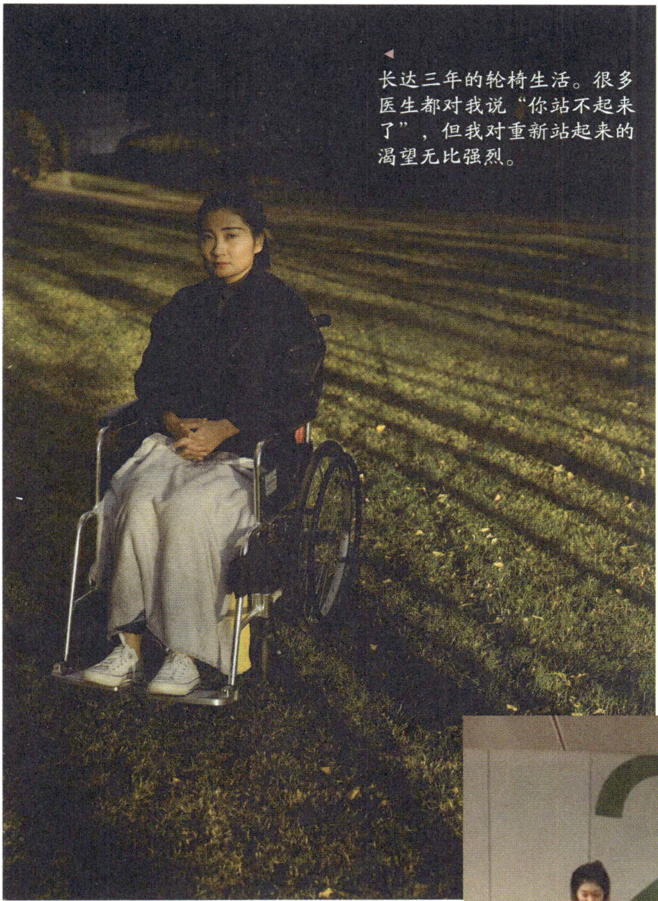

长达三年的轮椅生活。很多医生都对我说“你站不起来了”，但我对重新站起来的渴望无比强烈。

为了能站起来，我选择退网，开展了长达一年的封闭训练和康复。

2023 年 4 月

第五季“轮廓妈妈”时装周

我第一次身穿华丽的礼服登上T台，努力以最佳状态完成走秀。现场雷鸣般的掌声让我备受鼓舞。希望每个女性都能走好自己人生的路，活出自己的精彩。

2024 年 3 月

拍摄“接纳不完美的自己”主题写真

当我决定拍这组“疤痕写真照”，我已学会接纳不完美的自己，也学会和疤痕共生，这些因手术带来的印记，已成为我生命的勋章。

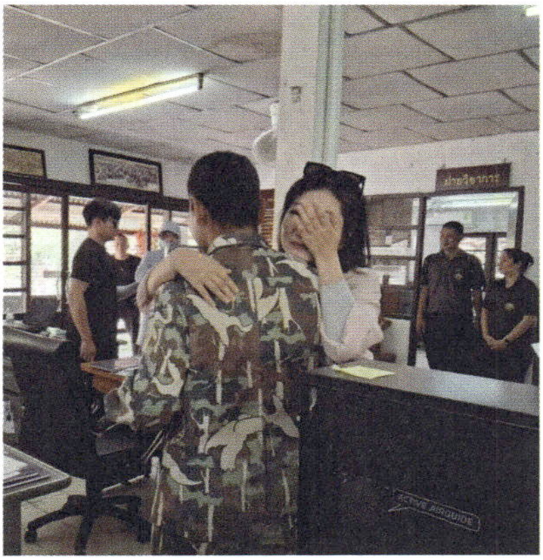

▲

2024年4月20日|乌汶帕登国家公园

重返泰国感恩之旅，遇到了当年握着我的手，一遍遍说着“You are safe!You are safe”的救援者，我们抱在一起痛哭。

▲

工作人员带我到当年被推的地点，我以为自己很勇敢，可依旧不敢靠近。

▲

五年前坐在这里，俞晓冬问我：“你这辈子有没有什么遗憾？”我当时回答：“我没有什么遗憾。”如今万千思绪涌上心头。

◀

因为坠崖事件，帕登悬崖边竖起的警示牌增加了中文提示，希望不要再有此类悲剧发生。

带着宝宝再次站在让我恐惧了五年的崖顶，那个破碎的旧我永远留在了崖底，我完成了生命最壮丽的涅槃。

感谢劫后余生，感谢久别重逢。警长和秀兰阿姨是我的恩人，更是亲人。

2024 年 9 月

2102 个日夜，宝宝出生，我再次拥抱了奇迹！